Inquilina do intervalo

SOBRE A AUTORA

Paulista de Botucatu, onde nasceu a 14 de outubro de 1944, Maria Lúcia Dal Farra só estréia em poesia em 1994, com os 99 poemas do *Livro de auras* (São Paulo, Iluminuras), seguidos dos 99 poemas do *Livro de possuídos* (São Paulo, Iluminuras, 2002). Estudou em sua terra natal, em São Paulo, Lisboa, Paris, e vive, desde 1986, no Sergipe — hoje em dia na Lajes Velha, onde tem criatório de gatos. Embora aposentada como titular em Letras na Universidade Federal, continua trabalhando como pesquisadora do CNPq e, de tempos em tempos, como professora em universidades nacionais e internacionais.

Foi professora na USP e na UNICAMP; nesta, integrou a equipe de Antonio Candido, responsável pela fundação do Departamento de Teoria Literária, em 1975, do qual apenas se ausentou quando foi morar no Nordeste. Tem publicados mais de centena de trabalhos sobre narrativa e poesia, dentre os quais *O narrador ensimesmado – estudo dos romances de primeira pessoa de Vergílio Ferreira* (São Paulo, Ática, 1978), *A alquimia da linguagem – leitura da cosmogonia poética de Herberto Helder* (Lisboa, Imprensa Nacional / Casa da Moeda, 1986), *Florbela Espanca, Trocando olhares* (Lisboa, Imprensa Nacional / Casa da Moeda, 1994), *Florbela Espanca* (Rio de Janeiro, Agir, 1995), *Poemas de Florbela Espanca* (São Paulo, Martins Fontes, 1996), a edição da *Lira dos vinte anos*, de Álvares de Azevedo (São Paulo, Martins Fontes, 1996), *Afinado desconcerto* (São Paulo, Iluminuras, 2002) e, no prelo, os *Inéditos. Correspondência amorosa de Florbela Espanca* (Lisboa, Círculo de Leitores) e *Poemas de Gilka Machado* (São Paulo, Martins Fontes).

Com Maria Helena R. da Cunha, edita *Travessias. Poesia contemporânea em língua portuguesa* (encarte da *Revista Camoniana*) e, com Samuel Leon, dirige a Coleção Vera Cruz (Editora Iluminuras).

Maria Lúcia Dal Farra

INQUILINA
DO INTERVALO

ILUMI//URAS

Copyright © 2005:
Maria Lúcia Dal Farra

Copyright © desta edição:
Editora Iluminuras Ltda.

Capa:
Fê
Estúdio A Garatuja Amarela
sobre *Retrato de menina* (1918), óleo sobre papel [33 cm x 28 cm], Joan Miró.
Cortesia Coleção Joan Prates, Barcelona.

Revisão:
Ariadne Escobar Branco

Dados Internacionais de Catalogação na Publicação (CIP)
(Câmara Brasileira do Livro, SP, Brasil)

Dal Farra, Maria Lúcia
Inquilina do Intervalo / Maria Lúcia Dal Farra.
— São Paulo : Iluminuras, 2005.

ISBN 85-7321-233-0

1. Contos brasileiros   I. Título.

05-7732   CDD-869.93

Índice para catálogo sistemático:
1. Contos : Literatura brasileira   869.93

2005
EDITORA ILUMINURAS LTDA.
Rua Oscar Freire, 1233 - CEP 01426-001 - São Paulo - SP - Brasil
Tel.: (11)3068-9433 / Fax: (11)3082-5317
iluminur@iluminuras.com.br
www.iluminuras.com.br

ÍNDICE

O circo 9

O domingo 17

A árvore 21

O penteado 23

O purgatório 27

Diário adolescente, pág. 1 133

A alemã 35

A prisão 39

Manacás 51

A viagem 55

A garça 61

Margarida, a porta está aberta 65

Diário adolescente, pág. 2 71

Yole 75

Desconstruindo Helena 83

Os finados 87

O vaso 93

Armaduras 95

Pescaria 101

A noite 109

O gigante 113

O pescador de pérolas 117

A visita 123

O ensaio 127

Catarse 135

À memória
da minha avó Adolfina Domene
e
da minha nona Carolina Dal Farra

O CIRCO

ELA PERAMBULAVA A ESMO PELAS RUAS da sua terra natal, para procurar, de algum modo, algo de que não era capaz de saber. E porque sempre fora curiosa e porque o que habitava de desconhecido se movimentava por dentro, numa região mais alta que as pernas a ponto de lhes impor o seu controle, ela se deu conta, de repente, de que estava a caminho da sua infância. Parou e tentou ser lógica. Havia pelo menos algum dinheiro nos bolsos dos jeans para o ingresso? Teria ela também algum trocado para a pipoca, para o amendoim torrado e para o algodão-doce? Mas por que esse repentino e insólito impulso para pipoca-amendoim-torrado-algodão-doce? É que tudo era tão bom: os elefantes, a bailarina, o trapezista, os palhaços, o equilibrista e as gulodices — tudo tão da mesma natureza...

Uma criança passou sorrindo pela mão da empregada. Com certeza empregada: uniforme azul marinho, blusa branca. Dali donde ela estava, o riso do menino se ampliou no alto-falante recém-ligado, que zumbiu testando o som. Os locutores das quermesses, parques de diversões e circos jamais aprendem o ofício. Vivem permanentemente com os dedos no único botão crítico do aparelho, evitando distorcer o som. Mas há algo no que eles representam, uma coisa qualquer que perpassa a cultura de onde emergem, enfim, um componente que se bole contrafeito dentro dos seus próprios músculos provincianos, que acaba denunciando sempre os alto-falantes dos terrenos baldios. Microfonia — a sirene das suas origens.

Uma saudade antiga, cheia de simpatia por aquela música brega que recende a povo e a suor, alcançou-a no ouvido. Estremeceu; ela estava se permitindo ter ternura. Mas antes que alguma coisa nela pudesse contestar, uma música oriunda de um ponto longínquo, como de uma sanfona presa no tempo, introduziu no ar o dueto: um homem e uma mulher, mais um chiado de disco velho, usado e empilhado há séculos, e o vento, que soprava forte nesse início de entardecer, varreu as vozes até um pouco mais adiante. E, de repente, toda a sua vida ficou suspensa nesse vácuo enquanto o som não voltou.

Um cheiro a mistérios de pó-de-serra e de jaulas e de lonas e de lantejoulas veio lhe povoar algum recanto do corpo, e levantou uma lembrança. Ela não soube calcular a importância desses instantâneos até que o vento, de novo nômade, os acolheu por entre a poesia de suas viagens. E foi então que, de chofre, a cena voltou-lhe toda aos olhos.

Vicente Celestino cantava num 78 rotações sulcado por incessantes agulhas, uma das quais haveria de fazer espirrar muito sangue de um coração. Voz antiga, modalidade arcaica de timbre, pulmões repletos de ar desembocando, com ímpeto, sobre o microfone, vocábulos muito bem silabados (que é para todo mundo entender o que a letra conta!), eles caprichados com a língua palatalizada que se evola no céu da boca tocando as estrelas. Um palco de teatro armado em cima do picadeiro de um circo dentro da sua infância — parábola do seu universo inteiro...

O pai a traz ao colo, ela tem seis anos, e sentam-se na primeira fila das arquibancadas coladas à cena. Os bancos de madeira estão atulhados de gente de todos os tipos. A luz dos holofotes caseiros (o circo é interiorano e mambembe), colorida pelos matizes desbotados do papel celofane, tudo fantasia e torna ainda mais sobrenatural a sala precária e cotidiana onde a história começa a ser narrada.

As pessoas no palco não falam: estão mudas. Teria o tempo gasto suas vozes? Não; parece que permanecem embasbacadas diante do drama que representam ou então se encontram apenas estupefatas pela bela interpretação vocal — de modo que se restringem a gesticular, a gesticular, parodiando o que a melodia vai pouco a pouco explicando.

Um casal, transbordante de paixão, se enrosca todo, se beijando. As cores berrantes mas instáveis do vestido dela (imperícia do iluminador) e o borrão vermelho do esmalte das unhas ameaçadoras das mãos que ela abre no ar relampejando, parecem antecipar o desejo que a consome e as chispas da maldade que agora apenas se ensaia, mas que até irrompe inadvertidamente na cor dos lábios dela. Quanto a ele, como todo bom apaixonado, jaz imbecil e subjugado — totalmente à mercê da fogosa e irresistível dama que se assemelha a uma catedral iluminada diante da pequenez dele. Ora a abraça e cai a seus pés, ora se ajoelha entre as pernas dela que parecem imperar sobre o seu precário juízo, cada vez mais débil e pífio, a ponto de ele mal se suster de pé diante do prodigioso poder dessa mulher, que se irradia, difuso, graças ao desfocado projetor defeituoso.

Ela é má, é muito má, é desencaminhadora de inocentes! Só pode ter como modelito aquela Bette Davis da década de quarenta. Figura uma serpente primeva, cheia de manhas e trejeitos sedutores, mui disfarçada. Com seus brincos de argola cigana, a cada meneio da cabeça ela esvoaça os longos cabelos ondulados e maltratados (pontas florescidas pela indigência do salário), e planta no ar uns enormes aros de anel, de aliança, de cadeia que acorrenta, de círculos de fogo onde o pobre rapaz parece estar prestes a se eletrocutar. Ela não tem parada e parece inquieta, bulida por alguma sina oculta e perversa que, ao tempo em que profana o amor deles, por certo os tornará para sempre cúmplices cativos um do outro.

O que ela quer não é pouco: nada mais nada menos que o coração da sogra! E que seja retirado do peito materno pelo próprio filho; e que lhe seja entregue pessoalmente por ele, por seu tresloucado noivo! Dá a impressão de que a moça, num acesso antecipado da fera que ardeja dentro dela, tem ganas de devorá-lo já, na idéia, e devaneia no ar, lançando-lhe os dentes como sobre o algodão-doce, lambendo despudorada os beiços, de modo que até oferece ao rapaz o instrumento da sua fúria lasciva: o punhal de lâmina pontiaguda, afiada e fatídica que, por um golpe de sorte (puro acaso da incidência da luz sobre o brilho artificial do aço) faísca e reverbera em nossas incautas pupilas. Todavia, na sua determinação insana e canibal, ela exige do amante apenas o que cada uma das mulheres gostaria de obter (claro que, sem violência, e com extrema discrição!): o extermínio da rival...

Mas a noiva é escandalosa, ela diz tudo com todas as letras; não, é Vicente Celestino quem diz por ela em alto volume e em sustenida tonalidade. Assim, tememos todos pela sorte da coitada da mãe, inocente e iludida. Tememos pelo inesperado filho, vítima de uma destrambelhada obnubilação, encegueirado na indústria funesta da paixão.

Um gato, miando de pavor, corta a cena (teria o contra-regra picado o dorso do inadvertido bichano com um alfinete?). Um cachorro late em repúdio ao desumano ato a ser perpetrado contra um dos seus perpétuos amigos. A natureza toda clama contra a ameaça de tal atrocidade e, num expansivo efeito de súbita competência do iluminador, relâmpagos perpassam a cena. Há mesmo um vaso de planta que se despenca, como por encanto, de um suporte da parede, como se todos os seres, até mesmo os inanimados, procurassem exorcizar o ameaçador e funesto presságio. Um galo há mesmo de cantar quando o filho, no cenário de móveis de carregação rapidamente adaptado em saleta da casa materna, se adentrar em cena. E o cocorocó, nessa iminência, soa como um sinal sinistro, igual àquele que anunciou a traição de Judas.

A música, que se recompunha num intervalo, provocando suspense, toda agora ausente de voz, revendo apenas nos instrumentos os temas agourentos — ataca então com aquele celestino timbre masculino que promete turbilhonar a vida.

Na minha parca compreensão de criança, eu tremo e me agarro a meu pai, como se ele pudesse congelar as personagens, como se, meu deus-todo-poderoso, coubesse a ele impedir a continuidade da cena, evitando que tudo caminhe para aquilo que futura. Mas como em nada os acontecimentos se estacam, começo, então, a desconfiar dele... Pois não é o meu pai um homem, um homem como esse outro, como este rapaz à minha frente, armado em assassino? Seria também ele capaz de semelhante ato? Diante desta escurecida conjectura (e por via das dúvidas), me agarro ainda mais a papai; quero fechar os olhos para não enxergar o palco, para apagar tal idéia, evitando prosseguir de galgar a pequena via truncada e derrapante dos meus incipientes e mortais pensamentos.

Mas onde está a realidade, onde está a fantasia? Que sei eu da diferença entre ambas? Tenho esta pequena idade e tudo é factível. Em todo o caso é o medo que me governa: meu pai vai matar a minha mãe e entregar-me o coração dela? Serei tão má quanto a desgraçada e nefanda noiva? Afinal, o que (de certeza!) eu quero?

No momento em que reabro os olhos, a coisa já está feita. Uma enxurrada vermelha está desabando do peito da estóica mãe e banha as mãos criminosas: espirra para todos os lados, inunda a sala, desliza sobre a roupa do rapaz — respinga em mim. Me sinto concernida: ajudei-o nisso, sou tão culpada quanto ele! As gotas sangrentas no meu vestido claro, bordado por inócuas mãos maternas, com mimosos ursinhos e cândidas abelhinhas, me imprimem agora a marca da maldade. Sou como ele, sou como ela, sou como esses dois medonhos cúmplices!

Quase desfaleço e não tenho mais consciência do que se passa em seguida; já o desfecho da história pouco importa. O disco acaba a tempo de não me deixar, criança febril, tresvariar de vez. A cortina se fecha e meu pai se dá conta de repente, alarmado diante do meu choro convulsivo, de que fora por inteiro despropositado: levara uma criança incauta para assistir a um drama de arrepiar!

Mas agora é tarde: eu choro copiosamente, em culpa, em grande culpa, e meu pai, desarvorado, me explica que nada de grave ocorreu: que ninguém morreu, que ninguém está machucado, que todos continuam com os seus próprios corações, que todos estão vivos, sãos e salvos! Mas eu não acredito! Eu não posso acreditar: eu vi, eu vi!!! Eu vi o sangue correr, eu vi a mãe tombar, eu vi o punhal no ar, a lâmina competindo em luz com os holofotes. E meu desarvorado pai sorri num muxoxo desmarcado, me persuadindo de que estou enganada: que tudo não passa de ilusão, que aquilo que vi e vi e vi, que insisto ter visto, se chama, isso sim! — "representação"! Que é coisa própria do "teatro"; que é tudo figura. Mas não atino nem um pouco com esse sentido, e só faço berrar.

Me levantando, num átimo, do chão para o seu colo, como se lhe tivesse acudido algo milagroso que estancará meu choro, meu pai vai, resoluto, pedindo licença por entre as pessoas que se reunem em magotes comentando ainda o impacto final do espetáculo e que, complacentes, me olham pesarosas. E segue caminhando pressuroso contra elas, no fluxo contrário, no sentido inverso à saída. Com o único braço livre abre, sempre apressado, espaço para nós na contra-mão e, num salto, ganha o tablado, onde me deposita.

Estamos agora no palco, e essa localidade me submete a um pico emocional ainda mais delicado, pois que conserva as marcas tenebrosas das veias abertas, o chão todo tinguijado de vermelho. E eu me apavoro mais porque temo regressar à cena do crime. Meu pai, entretanto, se desviando dos móveis armados na saleta, atravessa, me puxando pela mão, o palco todo, varando as paredes da casa materna que, reparo por entre as minhas copiosas lágrimas, não passam de uns leves panos pendurados no ar que, agora, se inflam mercê do vento encanado que toma conta da cena toda, pois que as lonas foram abertas para a evasão dos espectadores.

Descendo desse tablado, lá pelos fundos, ele vai me conduzindo — no mesmo passo rápido e determinado — para um estranho território de pó-de-serra onde, sentados em cadeiras e de pé diante de um pequeno espelho concorridíssimo, a mãe, o filho e a nora, muito próximos e camaradas, retiram agora a maquiagem. De fato, reparo: estão todos vivos, tal como me assegura de novo e enfaticamente o meu pai!

— Por favor! — diz ele, me indicando de chofre à trinca cumpliciada. — Contem para ela, que está muito assustada e que não pára de chorar, o que era aquela sangueira toda que sai do coração!

E, voltando-se direto para o rapaz, como a acusá-lo pela convincente interpretação:

— Ela está certa de que você matou mesmo a sua mãe!!!

Todos sorriem desconchavados. Parece que a minha inocente credulidade alimenta ao mesmo tempo o ridículo da minha triste figura e a pena e o jeito condoído com que me olham aquelas figuras grotescas e desfeitas que, entretanto, se acercam de mim com muita ternura — muito embora, e por isso mesmo, me arrepiem mais e mais.

"Ah, pobre menina!", vai se adiantando a mãe do rapaz, certamente tomando-lhe a defesa e depondo sobre o meu choro a misericórdia da sua voz rediviva, na grande urgência de estancar o meu engano:

— Escute! O que eu tinha aqui, bem aqui no peito desse lado esquerdo, escondida dentro da roupa e toda cheinha de mercúrio-cromo, menina, — era a bexiga de uma leitoinha!... Veja, menina, bem neste lugar! Quando ele me lança o punhal, quando ele dá aquele golpe como se fosse me matar — ele nem chega a me tocar! Ele estoura é a bexiguinha da leitoa que fica aqui debaixo do vestido, minha filha, e é por isso que tudo explode pra todos os lados... Parece sangue, mas não é: é mercúrio-cromo, é mercúrio-cromo mesmo! É aquele remédio vermelho que a gente usa para passar nas feridas e sarar! Olhe como estou vivinha! Estou vivinha da silva!!! Veja — não morri, não! Pegue em mim, toque aqui no meu peito, minha filha!

Em lugar de me aproximar dela, dou é um salto pra trás, sobressaltada. Custo muito a entender o que ela me explica e reexplica, buscando me elucidar, sempre adjutorada pela mancomunada família... e — ainda por cima! — pelo meu pai, que a auxilia com novas justificativas, como se fosse seu próprio cúmplice!

No caminho para casa, ele ainda não desiste: continua na tentativa de me esclarecer duma vez por todas! Na verdade, papai parece não progredir, porque apenas se repete, e de novo diz as mesmas coisas, só um tanto modificadas, perscrutando o meu rosto diante das crescentes dúvidas (a cada vez mais estupefatas!), e sem saber bem em que lugar havia de transformar, torcer, preencher ou cortar a já gasta argumentação, de modo a me convencer — definitivamente! — de que tudo aquilo não era real...

Que o que vi não passava de um fingimento consentido, acertado entre aquelas pessoas e ensaiado por elas. Que elas representavam, no palco, uma história que um autor escreveu e que queria que fosse daquele jeitinho. Mas que elas, os seres de carne e osso, os de verdade, aqueles que ali estiveram diante de mim no estrado do circo, os que eu havia visto lá dentro, no camarim — aqueles não morriam, não, como (de fato!) morriam aqueles da história escrita e mostrada no palco... Bem, vejamos, que era certo que também eles iriam morrer um dia, claro que sim (ninguém é eterno!), mas que muito provavelmente tudo iria acontecer de um outro jeito... Ou nem bem assim, visto que, talvez (porque nada é impossível neste mundo!), eles, os atores, também até pudessem morrer da mesma maneira que as personagens que representaram, quem sabe, mas que, provavelmente, não seria pela mesma razão... Que, afinal, pensando bem e a bem da verdade, claro (porque pode haver muita coincidência nesta vida!), podia até ser que eles morressem do mesmo jeito e até pelas mesmas razões que as suas personagens... Mas que isso era bem improvável... Se bem que, debaixo do sol e da lua, debaixo deste céu que cobre a nossa cabeça, nada era absurdo... De modos que, vejamos, se ele quisesse ser mesmo muito rigoroso, ele seria obrigado a admitir que tanto era verossímil que não acontecesse tal coisa, quanto era possível que ela viesse a ocorrer... Pois, alegava ele — nunca, jamais, em tempo algum! — a gente pode descartar a eventualidade de duas hipóteses, assim tão contrárias, não serem sempre muito plausíveis... Porque não apenas pode acontecer isto ou aquilo, mas também isto *e* (e ele grifava com a voz esta conjunção aditiva) mais aquilo, já que tudo é admissível... Coisa meio difícil de se compreender para uma desconcertada criança de seis anos — entendimento que ela, até hoje, não chegou a assimilar por completo...

Deve ser em virtude de tais esclarecimentos paternos que se dedica tanto a escrever e que anda pelo mundo à procura de não sabe bem o quê. Provavelmente, é por isso que em tudo quanto faz, ela acaba criando personagens tão controvertidas e, talvez por isso mesmo, tão verdadeiras... Para que lhe traduzam o inexplicável? Para que a persuadam de que a realidade não é uma ficção? Para que lhe deslindem o inefável?

Ocorre que todos os arrazoados fabricados com tanta prodigalidade pelo pobre e exaurido pai, afinal mui minuciosos e alongados, movidos a muita sinceridade, afeição, pipoca e amendoim torradinho (o circo ficava um bocado distante e eles tinham ido a pé) — acabaram por não alcançar diluir nem um pouco a aflição da pequena e, muito menos, a inexorável culpa que estabelecera a sua matriz na alma dessa desprecavida menina. Ao contrário, trabalharam apenas para alimentar o seu suplício e a viva apreensão que lhe botavam rodinhas de puro desespero nos pés, para aportar logo-logo em casa e conferir se tudo se encontrava, da fato, na santa paz de Deus!

Pois estaria a sua mãe aguardando o regresso de ambos? No peito dela, o coração, cofre de todo o sangue — continuaria ainda intacto?

O DOMINGO

NA CASA ALTA E ASSOBRADADA DA RUA principal, morava uma família de cinco filhos e muitas propriedades. Até que a morte não separou a viúva do marido, a família se manteve unida e feliz. Eram três filhas e dois filhos, número ideal para a divisão de uma herança bem equilibrada e polpuda, trabalhada com vistas à felicidade e ao bem-estar de todos. O pai, que era um homem responsável e correto, privou-se da vida em comum e da convivência cotidiana para poupar aos filhos quaisquer aborrecimentos futuros. Vivia em viagens e reuniões de negócios, empregando capitais que certamente revertiam, mas que também preocupavam. Só os domingos eram sagrados e pequenos demais para que se pudesse demonstrar todo o acolhimento e todas as pretensões. E, como os domingos são dias reservados ao descanso, evitava-se tocar em assuntos maiores, e tudo transcorria alegre, bom e artificial. Apenas o tempo imperioso preparava o domingo das grandes cogitações. E ele veio. Tal acúmulo de reservas, um dia, explodiu. Foi no domingo após a morte do pai.

Morreu num desastre de avião, entre um negócio acertado e outro por acertar, por entre a fumaça e o fogo ardente de um motor onde uma peça imprevista falhou. Pouco se achou de tudo aquilo que fora o pai, benfeitor e régio trabalhador, a não ser um tanto de cinza onde havia mais do avião que dele, a gaveta principal da secretária repleta de papéis e o álbum de família onde, juntamente com a mulher e os filhos, ele havia posado para a posteridade.

As instruções contidas nos papéis de dentro da gaveta principal da escrivaninha foram discutidas no domingo após os funerais. E foi então que se descobriu que os irmãos eram inimigos, e que a mãe tinha sonhos frustrados de vida de ostentação.

Começou quando o mais novo, criado e moldado à imagem da mãe, pediu a palavra e disse uns tantos períodos jamais proferidos naquela sala, pelo menos em dia de domingo. Os mais velhos, reivindicando suas aspirações à herança, disseram tudo quanto haviam pensado em segredo nos dias de domingo. E a mãe, entre a confusão dos oradores, abriu sua alma como nunca o fizera nos sonhos das noites do seu quarto. Só o testamenteiro ficou em silêncio e se horrorizou. Mas pensou que cobraria bem mais caro pela sua participação em semelhante ato.

Nada se resolveu naquela tarde, a não ser que não havia mais nada que os ligasse.

O mais velho arrumou a mala e partiu com ela e com o carro da mãe para um lugar onde ninguém sondasse. A moça foi para a casa do amante, que não disse nada depois de ela lhe ter contado tudo.

A terceira não dormiu durante a noite toda, e foi a única que pensou.

A quarta filha se fechou no quarto, e enfiou o dedo nos olhos de todas as bonecas. Depois, lembrando-se de que era moça, imaginou um plano.

O caçula refugiou-se com a mãe, e acabou dormindo em seus braços.

No outro dia, quando o testamenteiro apareceu para a reunião, não pôde concretizá-la, visto que metade da família se ausentara.

O filho mais novo e a mãe, inquietos com o carro desaparecido e com o que a demora pudesse desvalorizar do dinheiro e das propriedades, resolveram, depois de terem esperado durante um mês, publicar uma nota no jornal, em que pediam a todos os membros da família o regresso sem falta para a reunião marcada onde se resolveria tudo dentro da maior harmonia possível.

Foi republicado outras tantas vezes o mesmo anúncio pra lembrar os herdeiros da data, do dia, da hora e da promessa.

No dia aprazado, chegaram todos.

Cada um trazia seus planos nas unhas disfarçadas, fosse na correção do esmalte, fosse na redondez dos gestos. Só a terceira chegou amável e delicada, beijou a todos e entregou um presente à mãe, demonstrando, afinal, que o embaraço provocado pela herança não era assim tão dilacerador.

Depois de sentados todos em redor da mesa, que era quadrada mas que pretendia ser redonda segundo a insistência da dissimulação dos herdeiros, após exporem as mãos em cima da toalha, com os sorrisos já começando a murchar, o testamenteiro abriu o livro.

Mas a mãe, querendo ser ao menos amável, interrompeu as palavras do advogado e, num tom solene, como se estivesse convencida da grande importância disso, desembrulhou o presente da filha. Realmente, era encantadora a lembrança: uma prenda para a casa, um magnífico relógio em ouro, precioso e brilhante, acertado e em funcionamento. Para agradecer a deferência, a mãe logo o dispôs junto aos outros objetos de ornamentação em cima da lareira.

O domingo

Passou pela cabeça do caçula que o relógio poderia ser seu se bajulasse convenientemente a mãe. E, no mesmo instante, começou a formular planos nessa direção.

Terminados os comentários, o testamenteiro abriu o livro que já havia fechado, e retomou a leitura interrompida. Todos ouviam em silêncio, esperando, sem precipitação, o momento exato para a introdução das suas prerrogativas. Só o relógio soava cadenciando a voz do testamenteiro.

Marcava ele 16 horas e 30 minutos quando o mais velho pediu a palavra, e 16 horas e 31 minutos quando a casa toda explodiu.

A terceira pensara muito naquela noite.

A ÁRVORE

Para Francisco J. C. Dantas

O CAMINHO DA MINHA CASA PARA a da Nona não me levava à rua: era feito pelo interior. De manhã muito cedo, bastava atravessar o meu quintal e passar pelo dela, e lá estava eu, introduzida na cozinha, a tempo de assistir à cerimônia matinal dos primeiros estalidos da lenha no fogão. Ainda cativo da imobilidade noturna, o silêncio e a frialdade o rodeavam então, tal qual uma aura, e lhe davam, se eu pudesse reparar, o aspecto secreto de uma urna culinária de difícil despertar. Travava-se uma verdadeira batalha entre treva e luz até que se pudesse descerrar, ao menos por fulgurantes momentos, aquilo que o sono de uma noite engendrara nela.

Primeiro jeitoso, insinuante, caricioso, o acolhimento das mãos da minha Nona no arranjo dos diferentes estados da madeira, trabalhava por fazer desses fibrosos retalhos, esguios e compridos, nodosos e atarracados, uma outra árvore, posta agora na horizontal, pois que rendida ante a evidência da sua ternura, da sua sabedoria. Gravetos chamuscados pelo dia anterior entravam, também, em convivência com a lenha que o Baba salvara às pressas do chuvisco da tarde e que, impregnada de umidade, recenderia, talvez, à sua própria seiva antiga. Cruzariam esse feixe ali plantado, amarrando-o por todos os lados, apertando-o no odor, a lembrança da fritura do jantar e do tempero do feijão — quem sabe de que dias passados! — incrustada ainda na lenha usada, cuja negrura irregular estava pronta a se dissolver, como um talco de pó indistinto, ao leve toque dos dedos alvos da Nona.

Isto acertado com toda a delicadeza e ali sustentado através de um equilíbrio de pesos e proporções insuspeitado e que só uma perícia milenar no trato com o fogo pode explicar, ela começava a tarefa de rasgar em fiapos amplos papéis e jornais já rejeitados pelos leitores da casa, para enrolar, ao comprido, cada tira larga. Na feitura destas "cobrinhas", que é como eu as chamava, pairava entre nós como que a promessa de uma distensão, de uma calmaria instantânea, logo desmentida pelos movimentos assíduos das mãos da Nona, aplicadas no comprimir do papel, no moldar a sua forma, num serpenteá-lo. Mas talvez que, no gesto da torção final de retesamento do jornal, viesse a oportunidade da ansiada descontração: era necessário providenciar, ao longo desse encordoamento, onde também se retorcia e se espremia algum mal-estar noturno — uma folga, uma estreita fenda prolongada de cima a baixo, por onde o fogo, uma vez ateado, seguisse livre. E só então, a gente podia falar.

Tenteávamos a nossa primeira conversa, se bem que devido à voz amanhecida ou ao receio de que um som mais atrevido pudesse estremecer a frágil estrutura ali criada — a gente apenas sussurrasse. É verdade que a importância do assunto devia ser calculada com vistas a evitar qualquer desmoronamento daquela susceptível harmonia. Tudo isso para mim era pura intuição, mesmo porque não era a Nona quem, nestes instantes, puxava assunto. Do fundo da minha ingenuidade, eu pensava que precisávamos nos ocupar com alguma coisa enquanto a apreensão do momento seguinte nos vigiava. Daí que eu dissesse, por exemplo: "A charrete do Faxinal chegou atrasada hoje pra pegar mamãe"; "Jango latiu à noite, a senhora ouviu? O que será que era, Nona?"; "Papai ficou desenhando até de madrugada". Ao que a Nona respondia, sempre no seu canto italianado à boca *chiusa*, produzido lá do lugar da sua diligência pra com a presente empresa, com um "Hum", "Hum", "Hum" melodioso, num meneio de cabeça tão vagaroso quanto complacente, em que eu podia adivinhar a onisciência dela acerca de todos aqueles mistérios miúdos.

Sem perceber, eu delineava ali, na preparação do fogo, os temas de que nos ocuparíamos até a noite, desenrolando-os em linhas que bifurcariam aqui e acolá, conforme eu a seguisse pelos labirintos domésticos da arrumação diária, e que se espraiariam, indecisos, ramificados aos casuais ingredientes com que o cotidiano se encarregaria de nos fazer topar. Mas agora, eu esboçava, antecipadamente, olhos fixos sobre o traçado dos galhos irregulares da madeira no fogão, o roteiro das futuras combinações que estava ainda longe de presumir.

O PENTEADO

Para Zebba Dal Farra

DEPOIS DE ENCAMINHADO O ALMOÇO e regulado o fogo das panelas de modo a não inquietar o andamento da sua toalete um tanto morosa, Nona ia cuidar de si. Entrava no amplo lavabo, e saía dali banhada, trocada, perfumada com a alfazema que lhe oferecia um odor particularíssimo que, creio, exalava mais da roupa guardada e desdobrada ao contato da sua pele renovada pelo frescor da água que, propriamente, do frasco que nunca logrei surpreender. Durante esse intervalo, na cozinha tudo se aquietava e se recobria de um novo ritmo, arfando numa respiração quase imperceptível. Os pequenos objetos na pia, as restantes panelas dependuradas, os frascos de tempero no beiral, as carnes defumadas nos varais, as louças no armário — tudo tomava o ar de extrema discrição, como se se subtraíssem da realidade vigente e perdessem seu sentido na ausência daquela que lhes atribuía os respectivos papéis. E o fogão de lenha, em cujas bocas repousavam as pesadas panelas de ferro, entrava, a partir de então, numa espécie de regime de abrandamento, imprimindo um cálido parênteses à cadência da casa que, assim, se preparava para uma atividade em que a Nona, raptada do venturoso cativeiro do lar, não seria mais a sua agenciadora — muito embora continuasse a figurar em primeiríssimo plano!

Era durante esse interregno de aguardo que o Coca deslocava, da sala para a copa, a poltrona em que ela se recostava depois das refeições, situando-a, nesse momento, no lugar mais arejado do amplo cômodo, onde a luz era deveras abundante, visto que ele dela dependia para a função que iria começar a desempenhar então. Era como se procurasse localizar, para fazer ali incidirem, os holofotes do dia, de modo a iluminar a sua tarefa de filho dedicado. Mais que isso: Coca buscava graduar para a Nona a luz peculiar, o foco apropriado para as suas prerrogativas de prima-dona do lar, de que ela se investiria a seguir, e de forma absoluta, pelas mãos do seu caçula.

A poltrona era postada, pois, diante da janela da copa, recebendo por inteiro a graça do sol que, lá de fora, a essa hora da manhã, oferecia foros de sarça ardente ao pé de manacá que só conheci florido durante toda a minha vida, abençoando-o com escolhidos tons que, na Nona, uma vez instalada nessa claridade, refletiriam alegremente. Esse tão harmônico e gracioso arbusto, companheiro de um raríssimo pé de camélias vermelhas, ficava fincado no extenso canteiro da pequena entrada lateral da casa, que nos introduzia tanto à porta da copa quanto à escada que a gente subia para a horta.

As portadas desse quintal suspenso eram desenhadas pelas parreiras da uva roxinha e miúda que manchava a boca da gente, devolvendo-nos, através dessa tonalidade um tanto sofrida, uma memória que não podíamos ter, mas benfazeja e adivinhada, porque autóctone e familiar. Nona Angelina, minha bisavó, trouxera da Itália, para não se sentir estrangeira em país alheio, as pequenas mudas da sua terra, gotinhas do sangue da nossa origem.

Instalada após o banho sob tamanha luz, com todo o viço da sua pele aclarado pela tepidez solar, Nona aguardava que o Coca retirasse, um a um, os longos grampos abertos, que ainda mantinham quase intacto o seu penteado do dia anterior. Era sobre a capa da máquina de costura fechada, súbita penteadeira desses encantados momentos (cujo espelho era apenas o ar puro lá de fora), que ele distribuía os grampos, logo logo amparados pelos dois pequenos pentes que faziam a vez de presilhas do cabelo dela — cada qual fincado em cada lado da sua cabeça. Emolduravam eles para mim, prematuramente, o semblante daquele tempo que se escovava e que eu sequer imaginava reter então, pois que era agora o instante em que o rosto da Nona encontrava ensejo para se transfigurar da imagem que costumava manter no dia-a-dia.

Com o penteado antigo, despencavam também os tufos de um cabelo que, embora branco, transparente de tão claro, lhe dava um aspecto que a remoçava mil vezes, e a tornava tão jovem, tão jovem, que eu me perguntava se a conhecia, se era ela mesma quem ali estava, pois que, naqueles momentos, minha Nona remontava aos tempos em que meu pai, de certeza, sequer havia nascido.

De cabelo solto, liso, beirando a altura da cintura, Nona imprimia à sua face expressões a cada vez mais vivas e inaugurais, verrumando os olhos no espelho da claridade diurna, mirando-se na luz do tempo, de modo que cada rito do seu pentear-se revelava para mim um rosto de mulher que, nela, me explicava, embora de maneira ainda nevoenta e pressaga, alguma coisa acerca do meu próprio passado ou do meu longínquo futuro. Esses flagrantes de inteira feminilidade diziam respeito a que época da sua vida? De qual desses rostos tinha nascido o meu pai? Na idade dela, descerraria também eu, na soltura do meu cabelo, as muitas que já teria sido?

O penteado

Assim, por preciosos instantes, o período que durava o desemaranhar dos cabelos dela, o compor com o pente os fios desalinhados, laborando-os, desde o cimo da cabeça até a longínqua ponta onde terminavam — eu podia me arrebatar com todas as questões a respeito da sua ocultada beleza, que os cabelos, tal qual uma cortina, abriam ao meu olhar e ao meu devaneio.

Para tornar ainda mais respeitosa essa ocasião de tamanha intimidade, o Coca mal falava com ela e, quando sim, apenas sussurrava, meneando a cabeça. Aplicava-se em estender sobre a capa escura da máquina de costura os fios pálidos que o pente colhia dessa seara de linho, para, com eles, tecer um cordão onde amarrar a ponta da trança que as suas mãos iam entrelaçando já agora.

Feito isso, Coca se punha a compor com todo o volume do cabelo uma espécie de espiral, de um precoce túnel de memórias, onde as minhas fantasias engendradas há pouco iam se perdendo ou sendo capturadas, acomodadas, acondicionadas por entre as voltas do birote que ele passava a enrolar, pouco a pouco, fixando-o na nuca da Nona. Restava de toda essa operação manual, lenta e viajeira para mim, um ninho de painas onde eu embirocava os sonhos que, no dia seguinte, seriam desentocados e renovados apenas quando fosse composto o novo penteado da minha Nona. Mas de todos, nenhum deles estava apto a antecipar a realidade de agora: esta em que continuo a tentar penteá-la — tão somente com as minhas palavras.

O PURGATÓRIO

PARA PENETRAR NOS TERRITÓRIOS da Nona e nos mais sagrados domínios da minha infância, eu tinha apenas de abrir o portão lateral do corredor externo da minha casa. Me adentrava, então, no chamado quintal-de-baixo, cuja primeira fortificação era um galpão entulhado de coisas velhas ou imprestáveis da casa e da família. Lá ficavam também guardadas as tinas repletas de água, de madeira acinturada por uma tira de zinco, onde o Baba acondicionava os cágados, agenciadores de importante papel na saúde doméstica.

Regularmente, de uma, eram passados para outra tina, e a água de que tinham sido inquilinos antes, e que lhes servira de elemento e moradia, era com muito cuidado transportada, de balde em balde, para a banheira interna onde a Nona devia mergulhar as pernas endurecidas do reumatismo. Tudo era assombreado nessa espécie de grande depósito, a começar pelo mistério de como o egoísmo daqueles animaizinhos molusquentos, vagarosos e tão fechados em si, podia ser solidário a ponto de seus detritos imperceptíveis, dissolvidos naquele líquido, minorarem a dificuldade de locomoção da minha Nona. Assim, o meu caminho matinal, logo após a saída do papai e da mamãe para a escola, era aberto por entre essas brumas de uma noite sempre desconhecida que, ainda retidas naquele lugar, iam se esgarçando e se clareando à medida que eu atravessava o pátio para me jogar nos braços amolfadados da minha amada Nona.

Mas o grande perigo atocaiado ali eram os escorpiões, habitantes desde há muito dessa escuridão. Talvez nem fossem tantos e nem tão daninhos quanto nos faziam crer os adultos, quem sabe temerosos de que descobríssemos, nos guardados, algo secreto que assim devia se conservar para o andamento da paz familiar. O certo é que nem em sonhos eu podia visitar descalça essas paragens: escorpiões, cacos de garrafas, frasquinhos quebrados de medicamentos, ampolas de vidro ou algum fantasma inesperado — sempre nos aguardavam ameaçando nossa ousadia.

No pátio que devia cruzar para alcançar a escada que dava acesso à cozinha da Nona (e as distâncias são deveras alongadas quando se é assim pequena), havia, já ao ar livre e à aventura do sol, dois ou três bancos pesados de mármore branco. Era lá que, depois de aceso o fogão de lenha, e após os cuidados do Coca no trato dos longos cabelos da Nona, a que eu assistia, fios a fios, com calada reverência — eu ia brincar, falar com o meu anjo-da-guarda e saltar, sempre receosa do pito que levaria se alguém me pegasse pulando do banco para o chão, do banco para o chão, do banco para o chão, indefinidamente, como era meu hábito, na provável iminência de quebrar um braço ou arrebentar a cabeça.

Foi isso mesmo que se passou com a minha irmã mais nova que, tendo desmaiado depois da topada no chão, foi tida como "sonolenta" pela incauta pajem, que a botou na cama para que continuasse a dormir — imagine! — o sono interrompido quando a retirara do berço, há pouco, logo de manhã... Pobre da minha irmã, que quase morreu! Não fosse a perspicácia da Nona, que, estranhando o silêncio lá de fora e a minha versão da "sesta matinal" da irmã, se pôs a correr, o quanto podia, coitadinha, aos gritos, para o quarto onde a pequena, roxinha e desfalecida na cama, ia mesmo se finando! Depois, para não desassossegar a mamãe, que passava o dia todo na escola e que muito se afligia apenas por pressentir as tragédias que a aguardavam de volta ao lar, pediu-lhe enigmaticamente que despedisse aquela moça "molto inhorante". Mas minha mãe, que não viu nesse defeito da empregada motivo suficiente para a substituir, ainda deixou a talzinha cuidando de nós. De outra feita, ela esteve prestes a esfolar a minha outra irmã...

Mas, se em vez de me encaminhar para a escada da cozinha, eu seguisse mais adiante, me desviando — na direção de um acanhado átrio que o Baba usava para rachar lenha ou para fazer sabão num grande tacho de cobre sobre um tripé — eu ia dar no galinheiro dos fundos, outro dos terrenos proibidos. Havia ali um inesquecível e exuberante galo muito cheio de si (sempre supus que era dele que papai falava numa embolada, pois que lhe "piscara o olho pensando que eu era galinha"), com uma espora pontuda e muito ciente do seu poderio sobre as suas fêmeas e sobre nós, indefesas e mortais crianças — que sempre impedia a nossa passagem. Valente, com sua crista vermelha de sangue, ele punha ordem no terreiro, separando, para a gente, como na cantiga, homem com homem, mulher com mulher, faca sem ponta, galinha sem pé.

Era sempre a este refrão que, sem justificativa aparente, nos remetíamos quando, por alguma razão, a gente referia o dito pai de terreiro; e por causa dele e da proximidade do galinheiro com a despensa, suponho que tivesse elaborado em definitivo uma associação um tanto perversa, que persiste até hoje em mim: a de que, por ali, se alcançava o purgatório.

O purgatório

Foram muitos os sonhos que o meu inconsciente engendrou naquela época a propósito desse temível território. E, sobretudo depois, na adolescência, quando o purgatório adquiriu uma cor de entardecer, um matiz solar, entre abóbora e sombras, como o de um certo tipo de milho, o tom que eu fantasiava para a despensa da Nona, lugar que, para mim, estava sempre prestes a pegar um fogo já próximo ao do inferno...

Mas não era pelo galinheiro que as pessoas normais se adentravam na despensa; havia entre um e outra uma ampla e alta janela divisória, aberta nas pedras que edificavam a espessa parede externa dos fundos da casa, janela de encomenda para eu pular, facilitada pelo apoio dos pés nos vãos das pedras, por fora, e pela localização da grande caixa de madeira no interior do apertado cômodo. Como essa tulha, reservatório onde se guardava o milho, o arroz, o feijão e o fubá para a polenta, ficasse debaixo da janela, a gente deslizava por ela até que os pés tocassem o chão. Todavia, do interior da moradia, nós só chegávamos ali pelo expediente de um pequeno corredor que saía da sala de jantar em busca das traseiras da casa, subindo a escadinha que dava acesso à despensa, degraus que, para mim, já eram o prenúncio ascendente do horror do purgatório. E só agora compreendo por quê.

De uma vez, seguindo de costume a Nona como a sua sombra tagarela, fui parar com ela na despensa, onde normalmente se abastecia, logo de manhã, para algumas de suas tarefas diárias. A tulha era, para as minhas dimensões, já se vê, enorme e profundíssima, de modo que eu saltava para as suas bordas para me sentar sobre a quina de madeira, mal a Nona abria a pesada tampa — a fim de ficar apreciando cada movimento a ocorrer ali dentro, nessa caixa compartimentada que, embora sendo pra mim familiar, acarretava sempre muitos imprevistos.

O torvelinho ocasionado pelo mergulho da medida de metal sobre quaisquer das provisões ali depositadas, separadas pelas divisórias de madeira, me provocara para sempre uma sensação que só mais tarde vim a identificar: a do medonho sugamento próprio da areia movediça. E isso porque, assim que a Nona retirava do mergulho aos cereais ou afundava a grande concha luzidia onde os capturava, um grande vórtice se produzia entre os grãos, ou dentre o fubá, como se eles ganhassem vida própria, movimentando-se sozinhos, assombrosos, em moto contínuo, a ponto de eu associar essa espiral movente à visão fulminantemente minguada e girante que me sobrou do mundo, duma vez que desmaiei. Revi, muito depois, extasiada e surpresa, essa mesma voragem, na abertura dos créditos do *Vertigo* de Hitchcock, traduzido para o português como *Um corpo que cai*. Mas no meu caso, logo me dei conta, esse turbilhão não era devido ao corpo que caía, mas ao corpo que... saía, ao corpo que emergia à luz daquele tanque de milho: — ao corpo que se dava a conhecer!

Confesso que, de princípio não percebi nada e sequer houve tempo para perguntas. Porque, numa dessas golfadas em que a mão e o empenho corporal da Nona se movimentavam para retirar o seu tanto de milho, subitamente a pá concheada topa com alguma coisa dura e metálica lá embaixo. Essa desconhecida palpável parece situar-se na mais profunda zona subterrânea do caixão porque, então, o som retine distorcido — primeiro, de dentro da tulha e, em seguida, abafado pelo estofo dos muitos objetos da despensa. Ambas nos entreolhamos, pasmas, surpresas pelo inesperado intrometido, assim espesso e estrepitoso, no encalço desse mistério que contaminava o inocente milho. E a Nona, com meneios desorientados da cabeça branca e com repentinos e móveis riscos imperscrutáveis na testa, saúda essa estranheza com seguidas interjeições em vêneto, o que, já pelo inusitado do tom, me causa desconfortante suspense.

Olhamo-nos atônitas e, como, parece, nenhuma de nós pode atinar com a natureza desse som, ela, muito resoluta, afunda em silêncio a mão por entre os dentes do milho, esgaravatando, abrindo-a como um ancinho pronto a aprisionar o intruso, e a mergulha, varrendo e explorando a fundura, de um para outro lado do compartimento. Com afinco, vai cavando desse modo a resistência coletiva dos grãos, o que a obriga a vergar pela metade o corpo para dentro da caixa que, assim pendido, a imanta toda para um perigo difuso e indiscernível, para uma espécie de tesouro às avessas. E eis que, por fim, seus dedos esbarram no incógnito objeto.

Foi no instante em que ela se esforçava por retirá-lo do poder oculto da caixa que o retivera ali provavelmente por décadas e que ainda teimava em o agrilhoar, que presenciei, de fato e em todo o seu vigor, esse sorvedouro, a voragem, o precipício de que não me esqueço e que me estremece ainda agora.

Estarrecida diante da evidência daquele objeto de ferro escuro, com esforço devolvido à luz e ao convívio do dia, daquele ser em tudo agressivo, repleto de espinhos pontudos, espécie de cinta farpada, de coroa de Cristo extraída de um limbo — minha Nona o toma, corajosa, de frente, e o abre com as duas mãos, chacoalhando-o para que se livre do pó dos cereais, que ainda o impregna e, sobretudo, das marcas do seu ocultamento. E o encara abertamente à procura de um nome!

Mas é tamanha a sua ansiedade, tanta a urgência em decifrá-lo, que o empenho que despende nisso parece lhe custar uma vida. É como se incursionasse, nesses brevíssimos momentos, por uma existência arcaica, quase esquecida, cheia de percalços e de dolo, confinada num ermo difícil, de escarpado acesso, e essa viagem lhe aquebrantasse as forças.

Seu rosto claríssimo torna-se agora lívido, raiado por estriazinhas vermelhas que me dão a impressão da turbilhonada senda por onde a sua recordação se afunda, desconfortável e aos solavancos, num trajeto de feição ao mesmo tempo direta e indecisa como a de um raio, como a de um relâmpago friccionando o céu em noite escura. Minha Nona parece proceder, assim, a uma faxina da memória, espanando lembranças entulhadas umas sobre as outras, num sacrifício mortal de se certificar se aquele registro estava mesmo ali depositado — ali, naquele acervo secreto e interdito do seu cofre de reminiscências.

E, de repente, dum chofre, ela ganha o ar de quem finalmente o localiza em meio a rápidos torvelinhos de pesar! Porque assim que uma luz lhe vem nascendo muito viva de dentro dos olhos, um pranto inexplicável, derramado e copioso, brota junto. Meus Deus, cadê minha Nona? Eu é que choro assim, aos borbotões, desesperada — e não ela! Cadê minha mestra, minha mentora, minha sábia, a almofada e o travesseiro onde eu podia me agarrar em horas de pânico, como agora? No seu percurso fulminante através do tempo, ela parece ter topado até com sua meninice; mas volta de lá regredida, com a minha idade, gemendo como se fosse eu!

Só sei que sua dor me é insuportável e que me agarro a ela o quanto posso e que me ponho a chorar pelo seu pranto, temendo ter perdido para sempre o meu esteio. E assim ficamos as duas, ambas crianças estarrecidas diante do inominável — diante da enorme tulha aberta e escura, que nos devolvera das suas profundezas um objeto impossível e extemporâneo... Um monstro marinho de impensável idade, nela encerrado mercê apenas da fartura familiar que jamais permitira baixar o nível das suas provisões; graças também à prodigalidade dos cereais que, durante anos, o recobriram, cúmplices e apaniguados, apenas para poupar, à minha Nona, o pesar dessa aflitiva revelação...

Minhas duas tias mais velhas haviam tentado, durante muito tempo, obter do meu Nono a autorização para ingressarem numa ordem de clausura absoluta. Embora profundamente religiosos, os pais negaram sempre consentimento, até que ambas, na pressa do noivado com o Senhor, fugiram de casa para a Ele se dedicarem perpetuamente.

Minha Nona descobria, agora, ali na minha frente, do fundo do seu baú de penas e de magoadas lembranças que, para obterem tal graça e a coragem para fazê-lo, elas viveram os dias todos se mortificando. O instrumento recém-emergido do fundo desse poço o comprovava agora: era o cilício com que essas pobres penitentes se maceravam. Era o necessário purgatório que haviam se imposto para que pudessem alcançar o céu.

DIÁRIO ADOLESCENTE, *pág. 1*

É NOITE, E OS GALOS NÃO CANTAM pois que não são horas, porque seria profanação e eles receiam desacatar a ordem do universo. Só a minha desobediência se põe contra o tempo. Me procuro, agora, como coisa liberta e certa. Mas não vou me olhar no espelho, de modo que suspenderei a hora que está muito afoita pra me arrebatar. Alguma coisa como fonte caindo preenche os meus ouvidos: quem sabe o riso dos filhos que nunca terei. Cautela! Isso é lá jeito de amamentar a indiferença?

Meu corpo anda oco pelo aborto dos sonhos que nutri placentariamente pacientes. Sou caramujo carregando a casa vazia. Quem será o habitante?

É um quarto. Quatro paredes brancas — como se não bastasse a luz de fora. Numa, há uma porta que abre puxada para dentro ou para fora — no que dá a impressão de pertencer a todos. Há também uma janela de venezianas e vidraça. Venezianas com olhar baixo. Vidraça opaca separando claridade ou escuridão. O certo é que eu pretendia — aqui! — fabricar o mundo. Com sol e lua e demais consequências. O furor das criações habitava minhas veias. Esperanças? A gente sempre as vê brilhando na incerteza.

Dentro dos meus olhos fechados, a própria noite reina em grande aflição. São ruídos e sombras raspando-se contra o silêncio e o mistério. É como se eu estivesse me introduzindo, pela primeira vez, dentro de mim, e conhecesse no mesmo instante a trepidação das sensações escondidas se debatendo contra a pulsação das vísceras, dos meus órgãos — tudo isso transcorrendo num silêncio ignorado pelos ouvidos. A procura infindável é a que se busca em si.

Minha boca está pálida e permaneceria fantasma sem o movimento dos lábios. Só tenho certeza de que ela existe quando falo. Quando me recolho, tenho-a para dentro mas, em compensação, o corpo sustenta a evidência do universo todo, pálido de medo. E eu me arrepio da constatação enquanto os séculos passam todos no reboliço do vento e os meus cabelos vão recordando eternidades.

Sei que há muita coisa no lastro dos meus olhos. Coisas incapazes de serem apreendidas por quem está do lado de fora dos faróis. O meu olhar queima as minhas sobrancelhas. Tento justificar a ênfase, buscando alguma coerência no que vejo, usando-as como acento. Impossível. Meus olhos são mais oblíquos e profundos e parecem estar em órbita confusa pelo espaço, muito fora de mim. Penetro-me como avestruz, não porque goste de me esconder, mas porque, enfiando a cabeça dentro de mim, tenho sempre chance de desfossilizar algum pensamento. Mas deixem-me no meu santuário: posso até diverti-los com a minha sina.

A imaginação faz cócegas: tem desejos de lubrificação. É como se aquelas antigas falas se desprendessem do ramalhete em que estavam atadas, e começassem uma por cima das outras a soltarem sua voz. E os meus ouvidos atentos levantassem seu radar para registrá-las, vasculhando a verdade delas pela superfície das coisas: mas não conferem.

As minhas mãos se fecham como coisa que se devesse agasalhar, embora não faça frio. E eu comprimo os dedos. Quero apenas deduzir, sem caminhos, sem auxílios, sem vontades hipnoticamente agentes em mim.

Mundo, grande bazar onde buscar utensílios! Não quero ir-me sem ter desfiado todo o rosário; quero inclusive as cruzes, as genuflexões e o derradeiro credo, onde gritarei uma nova crença que espantará.

Estou disposta a elaborar uma palavra. Mesmo que suas arestas sejam agudas e me maltratem. É preciso explicar todo esse trânsito sobre o meu corpo, essa vertigem, e produzir um som que venha e que me diga: aqui estou eu, aqui me explico.

A ALEMÃ

À memória de Helenice Barbim

ANTIGAMENTE, A GENTE PENSAVA na guerra e não via os alemães. Mas hoje que a tristeza, a propaganda e os rancores parecem ter findado, pode-se olhar para eles sem pensar em metralhadoras. A altura e a loirice fazem-nos desiguais nesta terra de morenos, fora os atos e as roupas, cujas despropositadas estampas gritam, sobretudo nas mulheres, mais que Hitler.

Na rua da minha casa morava uma alemã. Era muito alta e magra, e, como se não bastassem tais descompensações, era ainda enorme na sua feiura. Desgraciosa ao sorrir, ao falar, ao ajudar, acercava-se de todos como se dependesse, por exemplo, do cumprimento da vizinha de frente e do aceno do motorista da viúva rica para poder viver.

Era pontual no que julgava seu dever, e podia ser vista todos os dias no parapeito da janela ou recostada à porta, acenando aos passantes ou tricotando na sua enorme varanda, sempre pronta a sorrir. Cuidava dos vasos, das suas orquídeas, com minuciosa afeição e evidente carinho, e era agradável a gente ver, nas primaveras, as pencas douradas caindo do mais alto xaxim em brincos preciosos, os solitários lilases emergindo do verde oleoso das espessas folhas, as avencas roçando as paredes do alpendre e o brilho dos olhos dela.

Ficava em festa como aquela vegetação exuberante, e se vestia de amarelo ou de bolinhas vermelhas, de mangas compridas e largas, onde o vento morno entrava e inchava. Parecia um espantalho pendurado na varanda, assustando os pássaros e fazendo rir às crianças. Um espantalho feliz.

Morava só. Nunca casou. Os mais atrevidos diziam que Berta havia perdido tempo no lidar com as flores em vez de pensar em se arrumar, em cuidar de si, enfim, em imitá-las. E riam, quando falavam dela, parodiando-a naquele andar desengonçado e miúdo, tão descombinado com a altura e magreza, num enredo em que entrava sempre um enorme quadro que se podia notar no ponto de destaque da sala principal do casarão, onde Berta aparecia, deformada pelo pincel bem pago de um pintor, como uma princesa, num chapéu ornamentado por cachos de flores de inverossímeis espécies, e num batom escandalosamente vermelho.

E toda gente que acenava para ela ou que aceitava os seus doces, ridicularizava-a nas conversas domingueiras de depois do almoço, quando nada mais se tinha a fazer senão pensar que ela existia e que era contente assim. Talvez tivessem inveja da indiferença com que ela se aceitava, sem notar no espelho o que transparecia de longe. E isto a tornava inacessível e distante — livre do mundo. Também, o modo como os gatos, sempre tão arredios e antipáticos àqueles que os consideram ancestralmente ingratos, se comprazia em acompanhá-la e em miar chamando-a, levava o povo da minha rua a ver nela uma mulher de mágicas, a própria bruxa. Realmente pouco faltava para que o fosse, pelo menos aos olhos dos que só sabem ver o que aparece. E ela, em troca, sorria e saudava-os, porque não se sentia culpada pelo que sua fisionomia tinha de assustadora.

Seus cabelos eram ralos e encaracolados. Vislumbrava-se neles ainda o antigo viçor da sua juventude, pois que teimavam em permanecer loiros. Berta os penteava de forma demodê, e era a única coisa que combinava de fato com sua figura. Ficava, assim, de todo, completa no seu mau gosto.

A alemã era tão grande e tão só! Vivendo nessa casa de sua propriedade, assim ampla, uma herança que lhe coube, nunca lhe ocorreu desfazer-se dela. Contando os gatos, ela, as folhagens e as suas lembranças, a mansão era, ainda assim, demasiado vasta. Mas Berta a preenchia com enfeitezinhos por toda a parte. Bibelôs nas mais diferentes poses, que encomendara ou encontrara quando ainda esperava constituir família. Formavam o seu mundo exato e perfeito. Dividia com eles os sonhos e anseios, e eles brilhavam em porcelana como se fosse a pele que os tornava vivos.

Nunca reclamou de alguém ou vociferou contra qualquer pessoa. Figurava sempre em paz consigo mesma; mas no fundo da sua magreza enrugada, bem no fundo, onde se costuma ter alma e coração, ela devia pedir amor. Pela boca e pelos olhos, é verdade que nada exigiu nunca além de um cumprimento diário; mas sentia-se no seu semblante a necessidade pungente e surda de um afeto. Pobre Berta, o quanto devia mendigar isso às paredes e às plantas! Os gatos miavam, ronronavam de ternura e se embaraçavam em suas pernas — mas isso era pouco. As flores deviam amá-la muito, visto que se abriam deslumbrantes, sempre amarelas, roxas, vermelhas e brancas, mas isso também era pouco. Ela queria alguma coisa de profundo, de arraigado, de definitivo. E foi então que aquilo veio. E veio intensamente, a ponto de arrebatá-la.

A alemã

Berta foi para o hospital depois de ter aguardado nove meses. Havia engordado no ventre e estava grávida. É o que dizia a todos, sem receio de errar e de escandalizá-los. E os outros, que a conheciam horrenda e bondosa, desconfiaram das suas qualidades de sedução. Sabiam-na muito pudica e correta, e não podiam acreditar no que os olhos, a sabedoria deles, lhes revelava.

Além disso, Berta tinha idade. Impossível! Mas não se podia duvidar daquilo que ali estava, protuberante, transparecido, vital. E ela sorria mais, muito mais que de costume. Falava em alemão e, indiscriminadamente, com plantas e gatos, e regava com desespero os vasos. Fez vestidos novos, mais largos e soltos, para que todos vissem como ela amava, como ela criava, como gozava dos favores do céu.

Não descuidava do repouso devido e nem das pernadas recomendadas para tal estado. E tricotava mais do que nunca, as blusinhas, os sapatinhos, os sonhos de então, naquelas duas agulhas compridas e pontudas, que vinham de lá para cá, de lá para cá, tecendo o tempo.

Ah, Berta, se tivesse seguido a experiência da sua raça, tão objetiva e racional, teria visto o quanto era por inteiro improvável aquele ventre! Mas não, quis trilhar apenas pelos caminhos da paixão, tão mais difíceis e íngremes, e chegou rápido demais ao fim.

Berta foi para o hospital e saiu de lá num caixão funerário. Partiu com o mesmo sorriso de quem dera à luz. Tinha gerado um câncer, mas estava radiante porque era o fruto do seu amor, daquele amor tão misterioso e raro — tão fronteiriço à morte.

Berta morreu de parto. Deixou ao mundo a miséria da sua solidão.

A PRISÃO

Para Mamãe

ASSIM QUE ELA SE PÔS A ATRAVESSAR o largo da escola, o camburão da polícia, sem sirene mas urgente, cortou-o veloz, rangendo os pneus, empanado no envólucro da fumaça escura do escapamento. Veio quase atropelando os estudantes que se dirigiam para a aula. Se não freasse e buzinasse diante dela, que recua para que o veículo passe, é provável que não o tivesse encarado, e surpreendido, de dentro dele, uma sombra quase imperceptível que, no entanto, lhe dá com a mão.

Um mal-estar perplexo a invade então: que nojo! Um sujeito que vai indo preso, ainda ter a audácia de me fazer uma coisa dessas! E sente-se, de súbito, como que conspurcada pelo crime alheio. Deus me livre! Arreda! E vira o rosto com repulsa, repugnada quase a ponto de cuspir. O aceno, lhe parece, a filia ao delito dele, como se ela tivesse se infiltrado na pena que ele vai indo cumprir, como se aquilo sujasse o seu uniforme, manchasse até a sua blusa, tão alva. Esse sinal a transtorna tanto, que é como se a associasse irremissivelmente ao transgressor — e a forçasse a entrar em obscura parceria com ele.

Tal bizarro sentimento de imundice e de inexplicável ligação ilícita persiste e penetra com ela na sala de aula, a ponto de não a deixar assistir, com a aplicação habitual, a lição predileta de matemática, tão complicada agora para os seus raciocínios, que migram no encalço da corintiana e calculam a ousadia do prisioneiro, restando vazios de atenção para com os números. De certeza, foi para ela aquele adeus... Só pode ter sido! Apenas ela estava ali, naquele instante, diante do veículo apressurado. Era ela a única a atravessar o largo naquele ponto. Pois se estava desacompanhada! Não havia ninguém mais no horizonte do bandido... Não há dúvida! Mas para que lhe fazer uma maldade dessas? Ora, como se alguém que vai indo cumprir pena tivesse mesmo desses pruridos!

Na sua investigação muda e inquieta, não há jeito de transformar esse gesto contagioso num ato benfazejo. Não lhe passa pela cabeça que, por exemplo, o prisioneiro, num sinal de adeus para com a liberdade, a tivesse escolhido como a representante daquilo que jamais voltará a ter. E que, nessa hipótese, ele a abençoara com a dádiva que perdia, reconhecendo nela tudo quanto no mundo é pleno e corre solto, sem peias, desimpedido, livre de jugos — independente! Esse aceno poderia ser a marca de que alguém a consagrara fortuitamente como a eleita, a dona de si, a companheira do vento, da água, da terra e do fogo — daquilo que não tem controle nem nunca terá...

Mas não! O asco não a abandona e ela está vivamente incomodada. Tornara-se, com isso, cúmplice da maldade, comparsa da falta! O movimento da mão abanando a laçava para uma zona tenebrosa de contravenções, de erros e de mentiras, de profundos sentimentos jamais experimentados que acordam nela um mundo inaugural. É um território minado de malfeitos, de fingimentos, de atos que não admite em si, como se ela estivesse estreando o seu avesso e, envergonhada, se conhecesse numa versão abominável! E agora estava solta, sim, mas num mundo perverso e dúbio, em que virava um ser capaz de coisas terríveis! Não pode merecer a confiança de ninguém, porque é desleal. Tem desejos cruéis, e está untada para toda a sorte de ignomínias, de juramentos falsos! Sente prazer em transgredir, e é capaz de roubar — quem sabe até de matar?! Vê-se, de repente, dando com gosto pontapés nas crianças, mordendo-lhes as carninhas tenras, arranhando-as! E sacode com força diversas vezes a cabeça para ter certeza de que nada disso é verdade, que não há meninos à sua volta, que ela não é nem um pouquinho má e que, ao contrário, ama as criancinhas, trata bem dos irmãos pequenos, acarinha-os, cuida deles, quer-lhes muito bem! E — graças a Deus! — se dá conta, por fim, de que se acha sentada, muito composta na sua carteira, assistindo a uma aula que, infelizmente, nem percebe.

Donde veio todo esse lixo? Será que debaixo dessa pudicícia e cordura em que ela se pensa, se esconde nela um monstro que espreita uma brecha para saltar? Terá ela um lobisomem dentro de si, prenhe das atrocidades de que falam? Será ela duas como o Doutor Jéquil? Ou muitas mais como aquela moça que tinha um bocado de personalidades contraditórias e que era inocente da existência delas, pois que jamais se encontravam? Como saber com certeza que com ela não ocorria o mesmo fenômeno?

— Moça, você está bem?

O professor, que reparara na aluna desde o princípio da aula, estranhando a sua repentina e, em seguida, permanente avoação, percebe que ela se torna lívida e que está pendendo para a frente. Falta pouco para desmaiar! Corre direto na sua direção, mas não consegue evitar que ela bata com a testa na tampa da carteira e que solte um gemido de dor. Os colegas despegam-se espantados das carteiras e se movimentam, rápido, para auxiliá-lo a segurar a moça, mas o professor lhes pede espaço: ela precisa respirar! Abram a roda! Visivelmente aflito, ele fricciona com determinação os pulsos dela, pois que mal se faz sentir nos seus dedos o ritmo do fluxo sanguíneo da pobrezinha! E trata de levá-la para fora da sala, para um lugar onde o ar seja mais puro. Mas não há meios de ela ficar de pé. Decidido, impulsiona-a e a arremessa para o seu colo, carregando-a na direção da porta.

Deitada no banco do corredor, rodeada pela diretora que lhe força as narinas com o odor forte do algodão embebido em álcool, pelo professor e pela servente que lhe friccionam os pulsos, cada um puxando-a para um lado, ela começa a recobrar a consciência mas não sem ingressar, antes, numa região de franco delírio em que lhe subjugam o corpo, tal como antes do desmaio, só que, desta feita, martelando-o numa cruz. Se debatendo para não permitir que lhe preguem as mãos e nem lhe botem a coroa de espinhos, que já maltrata a sua testa, ela vai gritando que não tem culpa, que nada fez, que é inocente! Que não a prendam, por misericórdia! Que não tem culpa! Que não tem culpa!

É com o ruído da própria voz que a dilacera por dentro, que ela desperta enfim. É-lhe difícil reconhecer onde está, e a cabeça dói. Espantoso! As pessoas à sua volta parecem assustadas mas sorriem dizendo-lhe coisas ternas. E confortam-na explicando que está tudo em ordem, que não foi nada, que sua pressão abaixou muito, e a abanam com grossos leques improvisados de jornais que, sacudidos muito próximo ao seu nariz, quase o roçam — movimento que a apavora. Também tentam fazê-la sentar, impondo-lhe um copo de água com açúcar que achegam à sua boca antes mesmo que ela possa recusar.

Já chamaram, da outra sala, o seu irmão mais velho que, sobressaltado, aparece agora e a mira como se duvidasse do que vê. Quem diria que a sua irmã, tão dona-de-si e valente, esteja, de repente, se desmilinguindo assim?... Estará doente? Há meses a sua amiga íntima, de quem ela não se largava nunca, a tão linda e jovem Alice, por quem ele sempre tivera uma queda, falecera de uma hora para outra, vítima de uma praga de uma meningite — e a irmã passara semanas abalada e muda, estranha como quê! Estará com minhocas na cabeça? Ai, meu Deus, terá pego a doença da amiga?

Mas não é hora de pensar em mais complicações que tem de manter os nervos domados para fazer o que lhe foi determinado: deve levar a irmã para casa e avisar a mãe para que tome providências. Só então, sim, essas dúvidas poderão ser discutidas. O pai, sempre ocupado na Sorocaba, não janta hoje em casa porque está viajando a serviço. E, depois, apenas em caso de urgência absoluta a gente tem ordem de incomodá-lo no trabalho. Portanto, ele vai tentando levantar a irmã, admoestando-a baixinho para que reaja, avisando-a que vão seguir para casa, e que vai tomar emprestada a bicicleta do colega para carregá-la na garupa. Que ela não está capacitada para bater esse longo percurso a pé. Que se faça de forte e que deixe de vexame! Que o aguarde ali quietinha enquanto ele vai diligenciar o meio de transporte.

A inquietação das pessoas que a rodeiam, do professor que dispensou a classe, da diretora que largou tudo para acompanhá-la, da servente que a enche de mimo, distraem-na um tanto dessa já alongada obsessão. E ela se deixa conduzir nesse tapete de felicidade repentina, saudando a vida que é tão boa para ela, a amizade das pessoas que mal conhece, a atenção delas para consigo. Mas está longe de compartilhar a razão do seu coração desinquieto, a tensão extrema que a fez soçobrar daquele jeito, sem mais nem menos. Não se conhecia assim tão frágil, tão quebradiça; mas também jamais se imaginara capaz de conter em si tanta porcaria, tanta imundice, tanta torpeza! Seria próprio do ser humano ter um lado assim tão obscuro e mau? Ou seria coisa dela, apenas dela?

É certo que a súbita e trágica perda da amiga a mergulhara num mundo instável onde a morte tornara-se a única coisa sólida e certeira. Descobrira, de uma hora para outra, os desvãos existentes nas coisas, as armadilhas que elas continham e não mostravam. Certificara-se de que por baixo da espontânea naturalidade da vida há ingredientes nos atocaiando, arapucas que derrubam uma pessoa bem posta, movimentos que não se enxergam e que espreitam a gente na calada dos dias e das noites. Tornara-se sabedora de que, sem que ninguém se aperceba, estamos dando azo a que coisas, que sequer têm nome ainda, nos ataquem e nos destruam — simplesmente porque estamos vivos... Essa dor assim orquestrada de tais novos sentimentos a levara a um paroxismo, a uma visão desinterdita de tudo, e ela começara, então, a enxergar o mundo pela primeira vez.

Ora, o aceno de há pouco a remexera de novo, chacoalhando as suas entranhas, ainda tão mal rearranjadas depois da morte de Alice. E isso explicava a alucinação — não era, pois, isso o que a tinha acometido? — causada pelo gesto de mau gosto daquele prisioneiro. Aquilo não passara de uma brincadeira escrota, salafrária, velhaca, que ela deveria ter tomado com leveza e distância, e não escarafunchado dentro de si uma explicação que abonasse, da parte dela, uma parceria impossível! Que tipo de culpa a punia com uma crise dessas? De que tinha medo?

Era o que ia pensando na garupa da bicicleta dirigida pelo irmão, que já desistira de puxar conversa com ela durante o alongado percurso até a casa. Situada no Bairro da Estação, a morada deles era especialíssima: no quintal, além de cabras que a mãe criava, galinhas e horta que dava de tudo, ainda passavam os trens todos da Sorocabana, em idas e vindas constantes, egressos de todos os

A prisão

lugares, espécie de grande criatório familiar, de rebanho particular domesticado. O seu quintal era, nada mais nada menos, que a sede de viagens intermináveis, uma estação do mundo... E ela só se dera conta desse privilégio bem mais tarde, quando conhecera outras casas e reparara que nem todas eram assim como a dela. Nascera ali, bem como todos os nove irmãos, pois que o pai era ferroviário desde sempre, homem muito digno e estimado pelos companheiros — um líder nato. Dele, ela só tinha uma reclamação, muito embora, dentro de casa, ele falasse pouco e apenas com o olhar. É que nas noites de sessão, ele trazia, algumas vezes, o pessoal para dentro de casa, para a sala, e ela se assustava com a mesa que se bulia, com as vozes estranhas que apareciam do nada, com ruídos que ela não identificava de lugar nenhum. Como o seu quarto ficasse colado a esse cômodo, ela não podia dormir e ficava prestando atenção no que acontecia ali, tentando adivinhar o que não podia ver; certamente imaginava muito, inventava nome para os fenômenos, e acabava tendo pesadelos.

Mas o pai nutria por essa primeira filha grande predileção e comentava com os amigos que ela fora premiada, dentre todos os rebentos, com a mediunidade dele, e que seria a sua herdeira. E, de fato, muitas vezes até ela mesma se impressionava de observar do que o seu simples pensamento era capaz! De repente, querendo a borracha que havia caído no chão, e sem tempo de ir buscá-la, pois que ultimando às pressas a lição, lá aparecia a borracha na sua banca, perto da sua mão. Outras vezes, pressentia um evento qualquer que ia acontecer, muito antes que ele se anunciasse ou se mostrasse, e sabia dizer com detalhes aquilo que ainda estava por vir. De outra feita, olhando a mesa posta, era um garfo que se levantava e se ajeitava com calma em outro ponto da mesa, como a brincar com ela. Constava até que ela teria derrubado, do pé, uma manga que apreciara muito no pomar, e que, por estar inacessível, desejou ter nas mãos. E não é que a fruta quase lhe caiu na cabeça? Claro, ela própria duvidava muito dessas capacidades que lhe eram atribuídas com grande prazer pelo pai, mas gostava de pensar que era parecida com ele. Em compensação, de outras atividades dele ela não poderia nunca pensar em ser herdeira. Ele pertencia à maçonaria e, apesar de grão-mestre, gente importante lá de dentro, naquele lugar nenhuma mulher podia botar o pé... Mas ele prometia a ela que, assim como a injustiça no mundo ia acabar um dia, também isso iria mudar. Em Portugal, e também na França, os chamados pedreiros-livres já contavam, em algumas lojas, com a companhia feminina que, aliás, tornara-se preciosa para os trabalhos deles. O pai falava sempre de um mundo melhor em que haveria harmonia, justiça, comida, educação e saúde para todos, e no qual todos teriam os mesmos direitos. Que os filhos ainda o veriam, pois que essa promessa não estava assim distante...

Quando ambos entram em casa, a mãe se sobressalta. A palidez do rosto da filha, o galo vermelho na testa e o inesperado da sua chegada, acompanhada do irmão, já um tanto impaciente, dizem-lhe que algo de grave está se passando. E o desorientado rapaz, crendo estar sossegando a mãe, dá incontinenti o recado da escola tal como o memorizara: a irmã desmaiara e a diretora pedira para que se observasse a evolução desse malestar — se ela teria febre ou qualquer outro sintoma: dor de cabeça, principalmente.

O fantasma da doença de Alice, cuja progressão a mãe seguira de perto, atravessa-lhe a memória como uma sombra que quase tolda os olhos. Mas a mãe sequer pestaneja: disfarçando a preocupação, trata de ir levando carinhosamente a filha para o quarto, para ajeitá-la na cama como se essa fosse a coisa mais natural do mundo. Socava, entretanto, para dentro de si, a terrível suspeita que começava a se gerar como um corpo espesso e autônomo, como uma bexiga que lhe crescesse, por dentro, na base do pescoço, e que a impedisse de respirar com normalidade. Mas a filha, que ao lado da mãe se sente mais segura, e que já enfrenta com mais coragem e um tanto de discernimento a cena que tanto a molestara, vai tratando de acalmá-la.

No quarto, a sós com aquela mulher batalhadora que, antes de ser mãe, é a sua melhor amiga — há, entre uma e outra, apenas treze anos de diferença de idade! — a garota vai contando, pouco a pouco, a razão das atribulações que a trouxeram tão cedo à casa.

— E não sei o que me deu, mamãe! Aquilo me fez um grande mal, e me afundei em pensamentos que nunca tive. Descobri que há em mim um lado podre, que eu não conhecia... É como se eu não soubesse quem sou! Eu sou horrível, mãe!

— Mas que bobagem a sua, garota! Você não está me dizendo nenhuma novidade! É bom que descubra mesmo que somos todos muito contraditórios! O ser humano é muitas coisas ao mesmo tempo. Somos, isso sim, uma verdadeira colcha-de-retalhos!

E, aos poucos, ela ia lhe explicando que não passamos todos de pedacinhos ajuntados: um de uma cor, outro de outra, outro de mais uma ainda, e assim por diante. E todos esses pedaços emendados formam desenhos que, por sua vez, são também muito diversos! E a gente não tem o direito de renegar nenhum desses retalhinhos, porque é da mistura disso tudo que somos feitos. É ela que nos torna únicos no mundo!

— Guarde bem isso, minha filha: ú-ni-cos!!! Por isso é que cada um de nós tem a sua própria digital! Não existe ninguém igual a gente! Deus fez cada um de nós de maneira diferente e, depois, jogou fora o molde, rasgou a receita de cada um! Somos é ir-re-pe-tí-veis!!!

A prisão

Que a filha não devia, pois, se magoar com tais pensamentos e nem se punir... Ao contrário, era preciso, isso sim, dar graças a Deus por ter descoberto essa grande verdade com a idade que tem!

— É uma bênção, minha filha! Saber disso não é nenhuma vergonha: ao contrário, vai te ajudar para sempre na vida, meu bem!

E a mãe lhe assegurava essa difícil evidência com dados da sua própria história pessoal, numa longa e íntima conversa, oportunidade que jamais tinham tido antes. Que ela tomasse a todas essas descobertas estranhas acerca de si mesma como um desafio que a pusesse sempre para frente. Que daqui por diante, a vida lhe seria uma eterna aventura repleta de coisas novas que ela iria aprendendo, algumas com dificuldade e embaraço, mas que faziam parte da existência normal de uma pessoa.

— Olhe, isso significa que agora você se tornou uma mulher! É verdade, que de forma espinhosa e dolorosa! Mas necessária! Você acaba de pôr o pé, minha filha, no mundo dos adultos!

E, enquanto falava, passava a mão na testa da garota para observar-lhe a temperatura, agora que cessara com as compressas de salmoura que haviam desinchado um tanto o calombo com que ela chegara em casa. Ainda bem! A doença da filha era de outra natureza! É verdade que aquilo que ocorrera não iria ser simplesmente assimilado pela pobrezinha num abrir e fechar de olhos... Era preciso paciência! Mas só o fato de ela procurar admitir, a partir de então, essa bizarria profunda acerca de si mesma, e de estar decidida a conviver com todos esses lados indomesticáveis que Deus nos deu — e sem se envergonhar de nada! — já era um bom começo ao qual o tempo se encarregaria de dar justo termo. Ele, com sua enorme sabedoria, iria pouco a pouco introduzindo essa aprendizagem como um ganho a mais para a riqueza da sua pessoa... Afinal, não é essa plenitude de caráter que a gente espera poder oferecer a um filho?

No dia seguinte, entrando na sala de aula, a mocinha se sentiu de fato deveras saliente: os colegas, os professores, os serventes, enfim, a população escolar que a conhecia de vista, todos lhe perguntavam pela sua saúde, se estava bem, o que teria sido, ao que ela respondia com um sorriso onde cabiam todas as respostas — menos a que escondia, ainda muito apertada, no fundo do peito. Como reagiriam essas pessoas se pudessem adivinhar o que ela descerrara de si? Como a vida é curiosa! A maldade que presenciara em si acarretava, em contrapartida, a bondade das pessoas para consigo... Seria esse o prêmio que recebia por se enxergar tal e qual era? E isso era justo?

Era nessas mesmas profundas e íntimas cogitações em que se encontrava mergulhada quando, voltando para casa ao final da tarde, foi subitamente acometida por uma impressão fortíssima que, a meio do caminho, lhe assaltou o coração ofegante, oprimindo-o. Não sabia bem o que era aquilo, mas sentia urgência absoluta em chegar rápido em casa, como se a chamassem de lá, como se necessitassem de imediato da sua presença ali! E havia nela algo que a pressionava muito, como uma força externa que, primeiro, começou a lhe arranhar o peito e que, em seguida, se pôs a penetrar nas suas entranhas como se quisesse ali caber a qualquer custo. Quanto mais adiantava o passo, mais essa coisa crescia dentro dela e começava a impedi-la de respirar e de correr. Era uma angústia, uma dor! Via, por dentro, um negrume em que não discernia nenhum contorno sequer, e que punha a sua cabeça numa escuridão tal, que os pensamentos não podiam ir para frente, impedidos de se concluir, muito embora ela percebesse o movimento que, com extrema dificuldade, tais lucubrações produziam para tentar se mostrarem a ela. E a testa latejava do esforço! E ela não tinha capacidade para entendê-las... Ou será que não queria compreendê-las? Ou será que se defendia delas? Seria de fato tão doloroso admitir a verdade delas?

Assim que, nessa sofreguidão desesperante, alcança a esquina do quarteirão familiar, ela enxerga na porta da sua casa um ajuntamento inquieto: essa era, infelizmente, a prova de que tinha razão para se inquietar! Ah, se tivesse asas nos pés para num vôo rápido até os seus! Ah, se os pulmões não a impedissem de correr ainda mais!

E é então que, ao vê-la, algumas pessoas se deslocam rapidamente ao seu encontro:

— Venha, menina, venha! Sua mãe está precisando muito de você! Ela a chama sem parar: não quer mais ninguém, só quer saber de você! Venha, venha!

Os que permanecem na porta abrem logo alas para que ela possa passar, ao mesmo tempo em que anunciam em voz alta para dentro a sua chegada. A mãe, desconsolada e desgrenhada, rosto macerado pelo esforço de muitas lágrimas, assim que a vislumbra entrando, se levanta avivada da cadeira onde jazia e, transpondo com agilidade as pessoas que ainda a separam da filha, vem abraçá-la muito emocionada. E a acolhe com palavras um tanto enigmáticas — certamente aquelas de um código secreto que a apenas ambas diz respeito:

— Foi ele! Era ele! Era ele, minha filha! Era o seu pai!!! Era o seu pai!!!

E é nesse instante que, num átimo, a garota vê, brilhando na escuridão da sua mente, como que um feixe de luz, como que raios fosforescentes riscando com determinação o céu negro por dentro dos seus olhos, numa zona que parece estar situada mais para trás da cabeça e que, agora, cresce, dilatando o seu cérebro a ponto de comportar ali o que parece ser toda uma sorte de relampejos de nervos e de pensamentos antigos e recentes, tudo misturado — aqueles que até então não podiam desembocar em nenhuma evidência! — e que, agora, confluem milagrosamente para um veredicto com o qual, até este preciso instante, ela era incapaz de atinar! Era isso, era isso finalmente! Sempre fora isso, e ela, a idiota, nem o pressentira! Ou o pressentira de forma tão irrefutável, ou o soubera tão veementemente, que não pudera suportar, e tramara todo um grande arrodeio para dar-se tempo de enfrentar a insuportável dor?!

Viera do seu pai, do seu amado pai, aquele aceno que tanto a martirizara!!! Era ele quem estava ali, dentro daquele camburão da polícia que quase a atropelara e que, por sorte, freando, por certo o distraíra de seus tormentos a ponto de poder notar diante de si, assim perto do veículo, a filha, permitindo o acaso que, dessa forma, ele se despedisse dela, acenando-lhe... O pai estava sendo conduzido a São Paulo, acusado de liderar uma facção do movimento comunista na Sorocabana! O sindicato mantivera segredo da intervenção do governo, na esperança de que o delegado Müller não obtivesse as provas necessárias para retê-lo lá. Mas a tática do governo getulista mudara sensivelmente da noite para o dia, de modo que a arbitrariedade imperava e, já agora, outros dirigentes estavam tendo a mesma sorte. Não era possível ter notícias dele. Supunha-se que devesse estar na Tiradentes, porém, de mais nada o sindicato tinha certeza, desfacelado como se encontrava a essa hora... Ferroviários desapareciam sem notícias, as famílias aflitas e impotentes. E o pior estava ainda por vir!

Sentada na porta de fora da cozinha — sem ânimo para continuar a freqüentar a escola nos posteriores e terríveis dias em que a mãe se dilacerava com a carência em que a família ingressava sem o esteio do marido, ameaçada de ser posta para fora do seu lar, visto que, suspenso do seu cargo, ausente e em paradeiro desconhecido, o marido nada podia a favor dos seus — a filha seguia, com o olhar parado, o rareado movimento dos trens, que assim obedeciam ao ritmo que a vida imprimira também à existência de todos esses oprimidos. Era verdade! O mundo se acabava... Onde o seu criatório de aço e ferro? Onde a sua estação cosmopolita? O que haviam feito do seu quintal aberto aos quatro cantos do mundo? Que cerca invisível de arame farpado os separava agora dos outros? Onde estava o seu pobre pai, que apenas clamava por justiça?

Dias difíceis. Noites brancas. Cada qual ajudava como podia. O violino que tocava tão bem teve de ser vendido e as aulas canceladas. O mesmo com o piano das irmãs, com a máquina de datilografia do pai, com a câmera fotográfica alemã, com cada um dos bens da casa. Só a máquina de costura da mãe se conservara no mesmo lugar, ali alicerçada para revelar a sua verdadeira eficácia, já agora muito azeitada para poder manter, com o seu ritmo diuturno, todas as despesas da casa.

Tudo se tornara outra coisa! Os irmãos mais novos, que se preparavam para a primeira comunhão, foram obrigados a deixar o catecismo para ajudarem nos gastos obrigatórios da família. Uns passavam pela vizinhança comprando garrafas vazias a serem revendidas; outros, os jornais; outros, ainda, ofereciam pela vizinhança os ovos do galinheiro que não mais compareciam à mesa comum. Para poupar os sapatos, as crianças entravam em casa descalças. E muitos expedientes deste tipo foram criados na intenção de engrossar a parca economia doméstica. A roupa que, em casa, se vestia, era agora confeccionada em pano de estopa alvejado ou tingido, mas sempre caprichosamente ataviada, fosse por uma sianinha, por uma fita, por um cadarço, por um sutache ou por, enfim, algum recorte no talhe, que disfarçasse com perspicácia a austeridade quase indigente, fazendo prevalecer nela, em contrapartida, os dotes da exímia costureira.

Afinados com o governo, os dirigentes da Sorocabana há meses vêm ameaçando expulsar a família do seu lar. Primeiro, de forma difusa, pondo o comentário na boca do povo, fazendo terrorismo. Depois, entrando com advogados e enviando mandados. Até que as coisas chegam às vias de fato. E, por fim, lá aparece o oficial de justiça, acompanhado de um grupo de rapazes musculosos que, aparentemente, se apresentam ali capacitados tanto a botar os móveis na rua quanto a enfrentar, da parte da família, qualquer tipo de reação...

Ele chama à porta e pede a presença da dona-de-casa, que comparece incontinenti. Que ela assine, já, o documento de despejo a fim de que se possa viabilizar a evacuação da família — como o exige a lei.

É a filha mais velha quem toma das suas mãos o papel e o lê em voz alta para conhecimento de todos — voz alterada e tremida à medida em que vai chegando aos finalmentes. Mas não fraqueja e, com toda a dignidade, devolve ao oficial o documento. Meninos e meninas se posicionam ali, à volta da mãe, impávidos, aguardando a ordem que só dela lhes virá. Todavia, estão muito apreensivos, temendo o pior: a bravata da irmã mais velha lhes parece, então, inútil, pois pressentem claramente que diante dessa chamada justiça não há argumentos; e que a autoridade, que já mantém longe da família e em lugar incógnito o pai, ensaia agora para eles um fadário semelhante.

Mas a mãe que, de súbito, se mostra muito cordata, toma de volta o documento e diz que vai buscar a caneta e o tinteiro para firmar nele a sua assinatura. É mesmo o fim do drama que se iniciara há meses e, de certeza, o começo da verdadeira tragédia que já agora mostra a sua face... Para onde irão? Terá a mãe obtido um abrigo para a família? Impossível, orgulhosa como é! Jamais pedirá alguma coisa a alguém! Avós e avôs vivem na Espanha, distantes demais para poderem auxiliá-los. E os móveis, as nossas coisas, os nossos guardados, as nossas

A prisão

lembranças — para onde vão, para o meio da rua? É como se a vida deles, num átimo, se desventrasse e ficasse exposta à execração pública! Ai, adeus lar! Adeus minhas horas de felicidade! Adeus venturosa infância! Adeus memórias do pai! Adeus querido quintal — adeus, meu inesquecível carrossel de sonhos móveis!

E a mãe retorna. Em lugar da caneta e do tinteiro, ela ostenta, em posição de ataque, o afiadíssimo e pesado machado de cortar lenha! E se posta no batente da porta, passando os filhos para trás de si, protegendo-os com o seu corpo. Dir-se-ia que tratando do assunto como convinha, ela fora se armar para a luta física, abandonando o argumento das letras. E perfila-se, agora, devidamente a postos! O machado é a sua presente caneta, e é com ele que pretende escrever o destino da família.

E já se vê o quanto essa metáfora é eficaz! Não se sabe se emanando do seu rosto, da sua firmeza ou da desenvoltura com que segura o seu instrumento, sua bela e espantosa valentia desorienta os adversários, que se rendem subjugados diante daquela súbita potestade! Basta apenas que ela lhes afirme, com a convicção que jamais suspeitara em si — "que ninguém se atreva a atravessar essa linha divisória!!!" — para que eles recuem ante à cega determinação dessa mulher-loba em defesa da sua ninhada! E ela sequer vacila: está ali de prontidão para decepar quem ousar desafiá-la! E nem é preciso dizê-lo, porque ninguém dali duvida disso!

E é então que — no meio do grande alarde dos cumpridores da lei que, deveras assombrados, jamais hão de regressar à nova investida, olhos postos na mãe que mal reconhece naquilo que, arrebatadamente animosa, ela ostenta de beleza truculenta, de exuberância irada e de sanha abençoada! — a filha mais velha assimila a já antiga lição... Sua mãe, expondo ali, com veemência, o ensinamento em que sobressai (forte como um grito!) o seu lado mais nefasto e, ao mesmo tempo, o seu lado mais heróico! — acaba de ilustrar para ela as desconformidades de que tanto falara naquela noite, as tais incoerências que fazem do ser humano a primeira e a mais ímpar maravilha do universo!

De todos os momentos da sua vida, esse teve a significação mais funda e inesquecível! Foi quando a filha mais velha, absorvendo a evidência que vertia do gesto duplo dessa inesperada mãe, pôde deixar por fim a prisão em que havia se encarcerado, meses antes.

MANACÁS

QUEM DIRIA QUE ARBUSTO TÃO REGULAR fosse tão indeciso! Em vez de se comprazer em oferecer aos nossos olhos flores de uma só tonalidade, como, aliás, procedem com evidente escrúpulo todas as árvores — este deixa que suas cores passeiem do roxo ao lilás, do magenta ao branco, sem saber bem o que quer...

Quanto à ela, não tinha instabilidade na cor. Por mais que mentisse, continuava sempre igual, já que sequer um vermelho pôde emprestar à face. Recusava sempre tudo, até mesmo o frio. Braços nus em tempo de inverno, sapatos sem meia; mas desconfio que o estoicismo devia, ao menos, lhe enregelar as mãos. De resto, a saúde parecia combinada com ela: uma engambelava a outra.

Acho que tinha grande amor à música, visto que era a única coisa em que de fato se aplicava na vida. Falava de Bach e de Debussy com grandes entusiasmos, como se os encontrasse todos os dias à mesa. E é por isso que, suponho, ela ouvisse em sigilo Chopin e Mozart, a esses, a quem verdadeiramente apreciava.

Mão-de-obra era escutá-la falar. Eu me agastava. Também o seu tecido de camuflagem era uniforme. Às vezes, acostumada à rotina do norte indicar o sul, eu me abandonava a esse percurso, sem notar que já era leste quando ela mencionava, por exemplo, a palavra "morte". E, cansada de atalhos, eu acabava fazendo uma pausa, uma suspensão na cadeia espantosa dos seus raciocínios, para apenas agraciá-la com o olhar, como se a parabenizasse em sigilo pela sempre indiscutível interpretação.

O pai era velho e feio. Vindo da Noruega, conservava um pouco de duende e bruxa nos modos. Nunca o pude imaginar marido ou pai, isto que sobretudo não era. Nascido para o mistério, aquele que embutia nas suas risadas e gestos, vivia tão-só para este no quarto do sótão que ocupava na casa. Lá, tocava, de vez em quando cravo, um ardido e feroz cravo que incomodava, principalmente à noite, quando se ocupava em introduzir o insólito de uns acordes de sétimas numas dessas canções populares que a gente conhecia de cor.

Nem sempre descia para as necessidades, comida e banheiro. Quase não tomava banho e era surdo, mas apenas às reclamações e à presença da filha. A empregada, que agora só cuidava da casa, devia ter sido sua amante em tempos de virilidade. A mulher morrera cedo e a outra, tudo indica, parece ter assumido os dois comandos. Mas, agora, a completa indiferença era o que mais os aproximava, tão apáticos e idosos, tão patéticos dentro da esquisitice.

A mulher, nos tempos da minha infância, era de uma loirice desgrenhada. Tinha grandes expressões musculares nos braços, como se tivesse sempre praticado halterofilismo, e os seus vestidos cavados presenteavam de cheiro o olfato e a visão da gente com lisos cabelos de milho. Numa quadra antiga, em que ele esteve gravemente doente, ela não comparecia ao quarto do velho a não ser para remover o urinol, que trazia, para baixo, para esvaziá-lo na latrina, ostentando-o, durante o percurso, como uma espécie de tocha olímpica. Era o rito da manhã, o sinal de que ele continuava vivo. Creio, hoje, que em virtude de todas as queixas que nutria contra o esposo, este desfilar aparentemente abnegado ganhava a marca de um desafio que a incitava a viver mais e todos os dias. Mas nem isso a salvou.

Depois desta tarefa própria do despertar, essa senhora passava um dia tranqüilo. Cantava canções folclóricas, em norueguês, e também as nossas de roda, que certamente aprendera com a filha — mas sempre com o sotaque de quem não falava nunca. Só naqueles momentos, suponho, é que o ar penetrava-lhe os rincões, e ela até se ruborizava. Parecia possuída, parecia fertilizada. Fico pensando, agora, que a Irene que conheci talvez tivesse nascido do seu dilema da maternidade.

A casa era um vazio completado pela parcimônia dos móveis, e parecia estar sempre pronta para uma iminente mudança. Como se todos já se tivessem transportado para o local aprazado e as coisas mais enraizadas ainda esperassem um sopro mais forte para serem demovidas da necessidade de ali permanecerem. Como se esses objetos apreciassem deveras a existência ali.

Quando Irene tocava num assunto em que entrava a empregada, sua voz se tomava de tais apreensões, que punha em suspenso os que menos a conheciam. E, apesar de todo o treino que tinha em não dizer nunca a verdade, em dissimular sempre, isso era tão real, tão espesso, que a gente até podia apalpar. Eu tinha muita pena dela porque via o quanto sofria e, em tais instantes, aquela moça, aquela que pulsava por detrás da blusa e dos seios apertados, aparecia. E surgia, ao menos para mim, como uma autenticidade ludibriada, malgrado a sua indiscutível vocação para atriz.

Manacás

Um dia ela me procurou. Tratava-se de grandes medos. O pai a tinha olhado de modo muito estranho, como se tivesse se resolvido a lhe contar segredos, a torná-la a sua confidente. E quando ela o visitou mais tarde, no sótão, encontrou-o deitado, quieto como nunca esteve. O cravo fechado, a cama arrumada, sapatos em ordem e olhos sem disfarce na direção dos seus.

Espantou-se Irene da súbita transformação do velho, mas sem se denunciar, acostumada que estava a tais exercícios. Recebeu do pai uma pequenina arca que ele lhe indicou: era a relíquia familiar que aparentemente lhe cabia. Não se atreveu a abri-la logo ali; sorriu e desceu.

Seu corpo equilibrado a tantos artifícios, tremia ao sabor da respiração sobressaltada. Envergonhou-se. Esse simples bauzinho doado a ela num momento tão extremo, a desarticula e empalidece. E, todavia, aberta a caixa, nada há ali dentro que cause algum espanto: o mistério do seu pai revelava-se, por fim, uma completa ausência de mistério...

Mas se o velho, com tal gesto paradoxal, explicitara, afinal, a que viera na vida, Irene, em troca, nunca mais subiu. Ele é que teve de palmilhar os degraus, todos os dias, para baixo e para cima, e inventar pra filha um outro silêncio. Enquanto ele supunha haver-lhe ofertado os seus setenta anos, ela continuava insistindo, e persistia em polir a sua irredutível hipocrisia.

E foi assim que Irene adotou em definitivo a camuflagem do manacá, logo o daquele, o do jardim da entrada da casa, o que encontrou mais perto de si, indo do branco ao lilás, do branco ao pálido ou escuro vinho, do branco ao ametista ou púrpura ou bordô ou sulferino ou fúcsia ou magenta — sempre com reflexos da terra e dos céus sobre as suas flores, sobre os seus pudores. Ao contrário de antes, tudo agora nela se movia, e tanto que, por isso mesmo, tornou-se impossível apreendê-la.

Preferiu não mostrar nunca que tipo de seiva a habitava por baixo das gritantes tonalidades que a recobriam tão esmeradamente como armadura. E foi assim que ela se transformou, para sempre, num simples arbusto, numa mera imagem — mas com uma vantagem: até a sua sombra era deveras vívida, extremamente colorida, muito superior a si mesma.

A VIAGEM

ESTA VIAGEM ME TEM DEIXADO MUITO indisposto. Já há mais de quatro horas que saímos de Ribeirão e o trem não deve ter feito nem duzentos quilômetros. Obstina-se em parar em cada estação existente, recebendo e baldeando passageiros, aportando mercadorias e correio, como se coubesse só a ele o embarque e desembarque das coisas do mundo. Está obstinado em servir a todos e sou pouco para insistir com um trem de visões universais. Vou nele e me aborreço. É só o que me cabe fazer. Como tudo na vida. Além disso, ele me sacode e empurra os pensamentos de uma forma como apenas as grandes dores conseguiram. Verifico que esta é a sua máxima qualidade. Talvez aos empurrões eu consiga ordenar esta existência confundida. Além disso, ter chegado atrasado a uma reunião importante, sobre a qual nada pude influir, me apazigua um pouco comigo mesmo. Estou farto de palavras e de acertos, e este trem vagaroso e inútil é capaz de me fazer safar de algumas certezas antigas.

Do meu lado e à minha frente não há ninguém. Aproveito para descansar as pernas sobre este lugar vazio. A posição me acomoda o corpo. Logo será noite. Não gosto desta hora. Bem, não tento mais dormir, pois este sacolejo me mima e embala, mas também me acorda do sono em que às vezes caio. É tempo de queimada. Já estão acendendo os campos para lá da vidraça. Os homens do fundo do vagão parecem ter tomado fôlego e vão recomeçar com os novos assuntos de como se descobrirem. Vêm conversando desde o início da viagem, mas ainda não o suficiente para que se dissessem tudo. Daqui se pode ouvir uma ou outra coisa de maior importância. Eles sempre ressaltam as grandes palavras num tom mais alto.

O homem das bebidas passa agora e oferece. Não, não tomo nada. Não tenho nem mesmo sede. Tipos bizarros tais vendedores. Passam a existência toda viajando, equilibrando-se dentro de um trem que se movimenta como a vida, simulacro dela — vendendo, oferecendo, servindo. Os homens do fundo aceitam. Alguém paga a cerveja e eles se sentem irmanados no mesmo copo. São capazes de jurar fidelidade, agora em que mina a espuma.

Os campos, as casas, as árvores vão se desdobrando do lado de lá da janela. A menina na frente da casa acena. Acena a todos os homens e mulheres que se vão no trem. Acena na esperança de começar um diálogo, um diálogo suspenso, um diálogo impossível. E perdem-se, na velocidade e na distância, a mão e o desejo. A quantos trens ela tentou falar? E eu existo e não posso responder-lhe. Sempre a inutilidade de tudo a me chamar a todo instante.

Se lembra daquele cinema? Sim, lá. Quanto foi lá... A vida lá era branca, lembra? Desciam pombas no jardim defronte da igreja. No jardim havia árvores redondas, redondas. Os bancos eram de madeira, pintados de verde, fixos no chão. Mas não nos impediam de voar. Era de manhã e à tarde que os sinos tocavam, ou então, durante o dia se houvesse finados. E sempre quando tocavam, levantava vôo um bando de andorinhas assustadas e enegrecidas, que voltavam depois para levantar vôo todos os dias à mesma hora. Cidade pequena e quieta, com o silêncio nos telhados e o sol ou a lua nas portas. Nos domingos, passeava-se na rua principal, mas nós não. Nós ficávamos...

No limiar da memória. Muito depois da janela e do tempo. Tão longe que nem sei se é verdade. Tão distante que nem sei se invento. As vozes lá atrás continuam. A cerveja deve ter aberto os corações. Animados, falam quase todos juntos. Passa neste instante uma moça que deve ter nos quadris alguma coisa que eles observam em voz alta e depois sussuram um ao outro, animados e indecentes. Hum, este ar de fumo parado me perturba. Ela vem por mim agora e me olha. Supõe, lisonjeada, que participo da opinião geral. Será que lhe disse isso no olhar? Não, penso que não. Mas ela me sorriu e me levou no sorriso concupiscente. Com certeza me aprova. Tem a blusa amarela solta por cima da saia, solta por cima da nossa imaginação, roçando os limites do erótico. E olha mais uma vez para trás. Deve estar convidando alguém para que a siga. Serei eu? Mas há ainda algo que me possa livrar da memória? Ah, as suas mãos leves entrando pela minha selva afora. Ah, você, só você preenchendo com cheiro bom as minhas narinas, bloqueando meu cérebro e a minha conduta. Ah, as suas mãos etéreas carregando com elas a minha história — serão mãos passíveis de esquecimento?

Lembro-me que uma vez o professor de piano te disse que suas mãos eram corretas para tocar Bach, que você tinha as mãos enérgicas como quem aponta, que suas mãos eram livres como quem descobre. Eu sorria muito das suas histórias porque você me contava tudo tão ingênua, sem sequer notar que poderia, se quisesse, reinventar prelúdios e fugas sobre o meu corpo. E quando eu te ouvia, ó céus, sentia que você me tocava voluptuosamente, como se tocasse sobre a minha vida, com essas duas mãos tão precisas e mansas... E que até hoje atuam sobre a minha memória, amalgamando tudo. Como te espantar? Como te passar para além do esquecimento, se você me refez, me reinventou? Ah, as suas mãos tão perfeitas, tão feitas para o meu rosto, concavadas, a caixa onde guardá-lo; este meu rosto hoje tão desguarnecido e cheio de espanto.

Um dia você me disse, naquela voz que me embalava para lá da razão, que eu te esperasse naquele outeiro de onde se vê a cidade. De lá te esperei. Foi de lá que vi pela primeira vez a terra. Já eu te esperava antes, como se me tivesse sido dado te esperar sempre. Havia ali uma paineira alta, desmesurada, exata. Tinha os galhos grandes e desiguais, como se não fossem fruto da mesma terra. Grandes e desiguais como o imponderável. Naquela hora, o sol se escondia pelo meio dela, na sua parte mais aconchegante, e espalhava, incógnito, os seus raios por todos os galhos. As flores roxas, em forma de orquídeas generosas, ainda capturavam abelhas e se soltavam docemente ao vento da tarde morna.

Ah, esta hora a crescer breus sobre a minha memória! O sol desce agora. E as queimadas põem olhos fingindo substituí-lo. Não sei, há qualquer coisa de falso no ar. Este fumo me aborrece e entorpece. O vozerio começa a me irritar. A moça de blusa amarela parou agora depois da porta que separa os vagões. Está de costas para mim. Talvez esteja se certificando dos elogios no vidro de defronte que lhe serve de espelho. Não é muito alta. Tem uns longos brincos que se balançam a cada arrancada do trem. E de pé deve ser mais difícil viajar.

Você deveria chegar e era o quanto bastava. O sol, a luz, as flores, tudo era acrescido. Importava-me o seu andar balanceado como quem está definitivamente feliz e tudo tem sentido de música; importava-me o vento que manobraria seu vestido, transparecendo aquilo que você, tão reconditamente, me ofereceu; importava-me a vaga luminosidade que espargia dos seus passos, a surpresa dos seus cabelos, sempre com uma mecha caindo de um lado imprevisto; importava-me o seu rosto florido por aquele sorriso ou por aquele botão na boca que era o modo seu de se contrariar; importavam-me as suas mãos, a sua sombra, o seu desassombro. E você veio naquela tarde. Não veio?

Já não sei, invento. A moça ainda está lá. Virou-se toda para este lado, abrindo-se. Há alguma coisa aqui que ela quer. Os homens já a esqueceram. Serei eu? Será realmente o que há por cima desta poltrona? Este corpo esquecido e esta dor? Ela me espreita pela porta envidraçada que separa os vagões. Fuma. Os outros devem ter-se distraído, por que eu não? Ah, a minha vocação para o inolvidável. Ela me sorri, ou já sorriu antes? Só agora percebo. Fuma e me olha. Me olha com os olhos mendigos por baixo da pintura acentuada. Como se esperasse de mim aquilo que nenhum homem conseguiu lhe dar. Conheço tal olhar. Como se eu pudesse lhe criar um mundo virgem! Como se com esse olhar me desaprisionasse da vida e a ela, e reinventássemos tudo desde o princípio. Compreendo-a, ah se compreendo, mas não quero tentar. Minha história é repleta de esforços que não me transportaram para lugar nenhum. E este olhar requisitador me cansa. Me cansa mais que a viagem toda reunida. Estou exausto para considerar ou para tentar. Sei todas as verdades de cor. Não preciso reavaliá-las.

Já era tempo de ela continuar sua peregrinação pelo comboio. Não teria que necessariamente parar ali, neste trem que nos leva a não sei que parte da existência, a não sei a quantos subterrâneos. E ela me olha e fuma. Pobre moça de blusa amarela! Quando souber como eu, terá vergonha de me ter olhado assim. Não vale a pena. Tudo se repete. Este trem é o mesmo de quando inventaram os trens. Mas ela não sabe, e me olha. Olha e me devora, e pede, e suplica, e fuma. Acendo um cigarro. É-me doloroso vê-la sozinha.

Olho para a janela que me traz o mundo. Ele cá está. Firme na sua estrutura de larva, fogo e terra. E se eriça ao meu encontro: pinheiros marcam o horizonte no lusco-fusco do fim do dia. E o trem passando e cortando a vida, pensando levar todos a um só destino. E se eu me atirasse daqui para fora? Os maquinistas avisados parariam quilômetros na frente e se comunicariam com alguma estação próxima, dizendo que houve um acidente. Dariam um nome ao meu ato, rotulando-o como tudo. Alguém que apreciasse demais a paisagem e que perdeu o equilíbrio ao observar da janela as flores de uma paineira, na hora em que o sol se esvai na noite. E a tripulação comentaria o acontecido durante todo o resto da viagem, e, em suas casas, reconfortados depois do café, contariam o caso aos filhos ou familiares ou conhecidos. Alguém até rezaria por mim, e ficariam todos curiosos inquirindo, depois, aos cobradores, notícias minhas, se morri ou amputei as pernas, se cheguei a cair debaixo do próprio trem ou qualquer outra coisa. A moça de blusa amarela choraria pelo que não lhe dei do mundo novo. Choraria sim. A queda talvez me transfigurasse o rosto e ninguém me reconhecesse. Não seria mesmo lembrado nem depois de morto. A moça pra lá do vidro explicaria, entre soluços incontidos, que eu era loiro e que lhe prometera a vida. E depois disto, ela passaria a procurar no rosto de todos os homens o que ela pensou ter encontrado em mim. Até que o tempo lhe transfigurasse a memória e a imaginação, e ela finalmente encontrasse em outro rosto aquilo que realmente eu poderia ter sido. Se eu me matasse não valeria a pena, é tudo tão indiferente como estar vivo.

A realidade continua viva por trás da vidraça da janela, cada vez mais alterada pela velocidade, pela urgência que, por fim, o trem ganha, e pela escuridão em que se embrenha. Talvez chova. Dou uma tragada. Daqui, desta fileira de poltronas onde estou, posso vê-la. Deve ter vinte e cinco anos. Tem o cabelo liso e resoluto descendo até ao comprimento dos brincos. Exatamente. São pretos. Estão irrepreensíveis apesar do adiantado da viagem. Ela deve tê-los penteado há pouco, pelo que seus olhos transparecem de procura. Não é propriamente feia, mas é dessas mulheres em que o corpo ressalta primeiro que tudo. Daqui não posso observá-la inteira porque a porta que nos separa tem vidro só na parte superior. Vejo-lhe o busto, o rosto, os braços e ora as mãos, as mãos, naquele movimento de levar alguma coisa mais que o cigarro à boca.

E esse pedido nos olhos, agora nas mãos. Desligo-me desse ímã. Cruzo as pernas para ter um outro movimento no corpo. Mas é inútil. Começo a inquietar-me. É preciso que ela me deixe.

Você costumava me abraçar e a me chamar como se eu fosse criança. E eu renascia em seus braços, puro, isento de malícia. Era capaz de olhar para o mundo sem um pensamento mau. Era mesmo capaz de viver intensamente. Você passava os dedos pelos meus lábios e eu tentava mordê-los sem nunca pretender isso. E depois você ria, e o seu riso era a grande música procurada. Mesmo nos tempos mais difíceis, você conseguia zombar das minhas graças e eu bebia o seu sorriso pela boca afora e ele era um alimento para a vida inteira. Lembra-se de como você sabia me conduzir para a felicidade? Só você conhecia as palavras, os gestos, as modulações mais sábias. Você me entregava a mim quando me tomava para si, porque conhecia todos os sortilégios. Fábia, que loucura os seus cabelos enroscados nos meus dedos, a sua boca cortada à espera, os seus olhos hipnotizados para um ponto dentro deles mesmos, e eu, assíduo, fremente, a mergulhar nos seus recônditos, a ver se podia atingir seu alumbramento.

Lembra-se daquela tarde? Sim, você veio. Lembra-me agora nitidamente. Estava de branco como a tarde. Te vi na parte mais distante da rua que me levaria a você, e tive ímpetos de correr, de gritar, de contar a todos o quanto você era minha, e de ver corar a sua face, e os olhos escurecerem e as mãos tornarem-se frias. Queria, com ganas inexplicáveis de posse, te ver profanada, descoberta. Mas você vinha calma, sincera, olhando-me do fundo da sua vida, sentindo o meu respirar desde a quentura das suas vísceras. Ou vinha já apressada e nervosa com aquela ruga horizontal, em baixo da qual seus olhos, que não eram mais sol, se recolhiam? Como a mesma hora da tarde, você me chegava. Foi então? Seu vestido era realmente branco ou era o seu corpo? Não, a tarde é que começava a se desbotar. Me confundo sempre aqui. Não, você vinha rápida. Cansada, exausta, vinha caminhando pela vida e vinha exausta. Já nada adiantava a minha fonte. A paineira não tinha mais travesseiros onde acomodar nossos devaneios. Você havia descoberto espinhos na pele daquele entardecer, no limiar do qual eu te esperava tanto. Ah Fábia, Fábia, Fábia, gasto o seu nome e você ainda me volta com a mesma força...

Sim, foi no tempo em que você já vinha obscurecida e as suas mãos acontecendo pontas. Ó dor ancestral e exata que me espreitava, sempre à espera de que o acontecido a conclamasse a atuar sobre a minha carne viva! Pronta e negra naquela tarde de tons tão claros, ó dor que se aguça feito seta! E você, Fábia, você que era tão prometida desde os confins, desde o princípio das eras, a que era tão calculada para as minhas mãos e para minha vertigem — você chegou desencantada! Veio com o sol escurecendo por trás das linhas dos seus olhos... e me disse não... Ah, quantas vezes você veio à mesma hora, com o mesmo sorriso, a mesma luz, o mesmo cabelo roçando o vento! O trem corre veloz e me corta a memória, me confunde. Não, você sempre veio. O cigarro é que me amarga a boca. Tenho medo de que tivesse exalado na fumaça a certeza de que você faltara ao encontro. Não, você veio, sim, sorrindo, de branco, espargindo luz pelas calçadas, tamborilando guisos de alegria pelos paralelepípedos. Ah Fábia, como me confundo! Este ar, estas vozes, esta hora que chega, este olhar. Este trem que corta os trilhos e esta lembrança desbitolada. Esta velocidade e esta memória. A vida caminhando contra o vento, contra os primórdios. Este cigarro que me envenena a mente. Este olhar. Você não faltou, eu sei. Você veio, estou certo!

Vou levantar, vou calcar sob os pés esta imaginação cansada e inquieta. A moça me mira dos confins do seu corpo. Terminou agora o cigarro e quer começar com certeza outra coisa... Eu a entendo, como a entendo! Olho mais uma vez a noite que já se faz do lado de lá. A paineira existe e existem as flores. Hoje não vou inventar a história do homem que perdeu o equilíbrio ao apreciar a paisagem. Calco o cigarro sob os pés. Pronto, levanto-me. A moça de blusa amarela estremece. Coloco o paletó sobre a poltrona, olho pela vidraça, pela vidraça, pela vidraça, pela última vez. Inútil, já se não vê mais nada. Começa a neblina... Dou dois passos em direção à porta, moroso, com cautela para não me desequilibrar, para não quebrar o encanto; pouso a mão no trinco que me separa dela, abro a porta com vagar. E sorrio, sorrio para a moça de blusa amarela. Ela me olha intensa e esboça um trejeito infantil na boca, me acolhendo do lado mais aconchegante. Aperta a minha mão à sua como quem estivesse a me esperar durante toda a existência. Sigo com ela para o outro vagão.

Sim, Fábia, você veio, você veio, sim... De branco, serena, calma, olhando-me dos confins da vida.

A GARÇA

Para Ziza Domene Gerke

NEM ELAS MESMAS SABIAM POR QUE voavam. Mas o risco com que se precipitavam da abóboda do céu garantia a nossa felicidade.

Eu ainda não anotara quantas eram as garças, mas talvez fossem menos do que supunha, tais meus olhos de elogio por elas. Faziam sombra, desafiando com brancura o sol, e deixavam, do luminoso das asas, manchas escuras no chão.

Na hora do almoço, a criançada toda saía correndo em direção ao sino que a preta velha tangia, quando, então, ela revistava, sem sucesso, as nossas mãos lavadas, a cada vez, sobretudo nos últimos tempos, com mais carícia que reparo. A preta tinha o ar de quem se purificou. Magrinha, olhos fundos de alguém que já vira muito de céu e de terra, de garça e de homens, cabelos finalmente domesticados, acocorados atrás, no sopé da cabeça, na nuca, onde o rareado se juntava pra tapear. Mas o seu rosto parecia saber sempre disso e do seu fim, porque se tornara, sobretudo nos derradeiros anos, desencantado.

Mal se comunicava com a gente. Figurava um vivente desirmanado das coisas da terra. Às vezes, cantava enquanto escolhia arroz e feijão para o almoço, quando descascava cenoura ou chuchu para os nossos suflês, e a filha, que a ajudava, sorria transcendente, como se adivinhasse o lugar de onde aquele nhã-nhã-nhã escorria. Nesses precisos momentos, posso jurar, a velha ignorava de verdade o mundo. Ficava tão entretida no corte da batatinha, que a gente pensava que o feijão fosse queimar. Mas, como um relógio mágico, inaudível e de súbito, desperto, ela se movia de êxtase em êxtase pela cozinha, em íntimo entendimento com os seus cozidos, suas saladas, seus assados.

Quanto dela ficou no meu corpo! O seu tempero, o sabor que ela imprimia aos molhos das massas, as suas mãos de banho de infância, vasculhando com sabonete e esponja as minhas vergonhas que começavam a despertar. Quanta sobremesa lhe furtei às escondidas! Mamãe dividia o doce que a gente era proibida de repetir. Mas eu e a minha insistente gulodice de criança, ainda bem externa nesse tempo, íamos todas atrás do bocado destinado a ela. Depois, quando a surpreendia desapontada e amuada, eu supunha que ela curtisse o desafeto de ter sido discriminada, esquecida. Mas não. Compreendo, hoje, que seu travo na boca era por minha causa: por adivinhar o meu furto e por tacitamente deplorar o meu ato. E lá ficava a minha doceira, sem o doce, porque o amargor, este sim, era a única prenda que eu lhe sabia ofertar.

Ah, minha doce preta! Como entender, naqueles tempos bobos e irresponsáveis de meninice, a sua singeleza e perspicácia tão discretas, eu, que sabia apenas correr pelos campos, olhando para o alto, siderada pelas garças? Não me perdôo de ter querido conhecer mais a elas que à minha velha, a esta que estava sempre perto de mim, velando pela minha tão limitada e insignificante existência de criança... Das garças, era preciso guardar-lhes as penas desprendidas para leques sonhadores; era preciso imitar o vôo delas para se ir direto ao céu. Quanto a você, minha preta, aquilo que fazia, e eu não percebia, era nos alimentar lautamente, do mesmo modo que a vida nos dava ar. Por isso parecia que você nos falava tão da terra, do corpo, das necessidades prementes, daquilo que em nós era palpável e ancorado, que eu não reparava no quanto tudo em você concernia a outras esferas, do quanto tudo em você era etéreo, pertencente que era ao domínio dessas coisas voláteis, desses elementos que podem se esboroar num átimo ou, por isso mesmo, durar para sempre, presos num coração.

Ingênua eu, por jamais ter suspeitado que por meio dos seus pequenos sinais, dos seus imperceptíveis olhares e suspiros, você nos ensinava a crescer e a alçar vôos. É! A gente não percebia nada... De modo que foi só quando uma catástrofe caiu sobre nós que, um dia, pude pensar nisso.

Era tempo de grande seca. O riozinho se enxugava todo na areia e sobrava muito pouco da água. O gado quase nada bebia; mal alcançava o que restava do veio líquido, ainda que se esforçasse esticando tronco e pescoço. O sol fazia olho na nossa vista. Os espinhos, sorrindo com dentes esparsos como amedrontadores serrotes de aço, se preparavam para cortar tudo o que se lhes achegasse. Meu pai, entretanto, não ria. Parecia querer ensinar alguma coisa pra gente. Mas o livro era caro. E nós, de estilingue na mão, pé calçado (já que a seca também doía em nós), desbaratados por todos os lados da fazenda na época do tempo bom, vínhamos agora nos reunir atrás do meu pai, como se a hora mudada tocasse um clarim que nos conclamasse a um estranho ajuntamento.

Quase a gente não falava. É verdade que a vegetação e as coisas gritavam mais alto ainda; mas é que aquele sol, aquela luz maciça, aquele ar pesado e nitidamente doloroso, deixava em nós, como em tudo, marcas incisivas — no chão, na areia:

cavava buracos nas nossas alminhas. Infantis e assustados, a gente se internava em pensamentos que ainda não tinham tido ocasião de serem inaugurados.

Leonardo, o meu amigo, não me olhava. Tínhamos brincado muito juntos, mas ele não me olhava agora. Isso me dava uma espécie de pânico. Todos punham a vista pra longe, pra frente, pra muito além de tudo, na região dos milagres. E eu, que os observava, ficava perdida, ainda mais deserta, como se se encontrassem num lugar longínquo que eu não podia compartilhar com eles.

Até que alguma coisa aconteceu, e muito concretamente. Uma vaca caiu morta, picada por uma urutu. Como a comida rareasse, o gado se arriscava por terrenos proibidos buscando dividi-los, sem nenhuma cautela, com esses viventes rastejantes e peçonhentos. E os urubus, ah, os malditos, voavam numa rotação, cada vez mais baixa sobre ela, prontos a se assenhorearem do pobre animal. Pareciam vespas, pareciam a nossa ansiedade se deslocando no ar. E, de fato, nós, no campo, distantes, pernas à mercê das agrestes chibatadas da barba-de-bode pontuda, corremos todos em grande bando para a vaca pintada. Foi então que pensei, vendo a pobrezinha que principiava a se delir, que seria pior, muito pior, ver uma garça morta. Porque, nesta, a morte sujaria a sua pureza, conspurcaria a claridade com que desafiava as nuvens e o céu, e, por isso mesmo, seria muito mais doloroso suportar tal visão. Seus ares de asa, seus ademanes de deusa, seu colo real jamais combinariam com a morte — a pungência, a agrura, a enorme mancha escura pronta a se desbotar, o borrão medonho em que se tornava a miserável vaca jazendo. A morte não se separa do sujo, dos vermes, da podridão — a tenebrosa!

Mas a uma garça isso era impensável! Sem corvos e sem patrões à sua volta, pois que ninguém pode se considerar proprietário dela — a gente a velaria como numa sentinela abstrata. Uma garça, por certo, só poderia morrer de algo muito recôndito, que combinasse com a sua nobreza, com seu pescoço altivo, longo e flexível, com suas penas de travesseiro bom pra sonhos. Seria de uma doença invisível, de uma ferida que explodisse silenciosamente apenas no seu imo, bem por dentro, pra que nada nela se desfizesse, e nem mesmo o sangue avassalador a pudesse tinguijar. E a gente viria buscá-la para recolhê-la, como um moço que pede à garota do vestido branco, do primeiro baile, para dançar: com muita delicadeza, com ternura, pois que a garça iria se adentrar, por fim, nos territórios aos quais sua leveza jamais pôde pertencer — o interior da terra.

E a minha garça, a minha rara garça pousou; em verdade, tombou, em silêncio. Sem alardes, como uma pluma que aterrissasse planando suavemente dos céus. Um corpo delicado, bulido apenas por dentro, sem mostras de dor, e tão leve, tão leve, que parecia não querer deixar os ares. E, ainda além do que supus, foi de fato muito mais dorido, muito mais dilacerante... Eu tinha então 12 anos, e retive apenas comigo a certeza de que elas, as garças, são obrigadas a emigrar; que elas não podem permanecer muito tempo perto de nós.

Sim, mas elas voam para que ninhos? Com alguma sorte, as garças voltam e a gente, um dia, ainda poderá vê-las desafiando o sol. Sei que estão lá, brilhando na incerteza da noite, que nunca é total para quem as pressente. Minha velha foi pra além da noite, para os seus começos, e ficou pousada, com suas asas de seda encantadas, para sempre na manhã da minha vida. E eu, pobre aprendiz de vôos, ainda espio os ventos, ainda a busco no breu da minha memória, vigiando muito os céus. E daqui ainda lhe pergunto: que rota devo seguir?

MARGARIDA, A PORTA ESTÁ ABERTA

A NORMALISTA MARGARIDA FUGIU DE casa no último domingo antes da Quaresma, sem terminar o curso profissional e a novena de Nosso Senhor dos Passos. No derradeiro dia em que passou no seu lar, no aconchego familiar, como diria mais tarde a sua mãe, Margarida nada fez de estranho ou de suspeito; na verdade, nada fez: nada que deixasse transparecer o resultado de depois. E mesmo antes desse dia, durante a sua vida toda, a normalista havia sido sempre uma criança equilibrada, adolescente ajuizada, a professorinha que ensinaria beabá às meninas e aos meninos do bairro pobre de São Januário. Morreria velha, corrigindo provas e o comportamento da criançada, recusando a aposentadoria, anualmente, ouvindo cada vez menos os deboches dos alunos recentes e o pouco caso antigo das primeiras turmas. Morreria feliz, surda, sem filhos; viúva, com certeza, do Manuel Trindade. Margarida era uma mulher de futuro certo e previsto, e o seu desaparecimento veio trazer sérios enigmas à consciência proletária do bairro.

Tudo começou ou terminou quando, na manhã de domingo, a irmã mais velha veio despertá-la para a missa, contrariando os costumes caseiros, porque Margarida, como nunca sucedera, perdeu a hora, não fez o café, não foi buscar o pão e nem tirou da cama os seus quatro irmãos menores. Abriu a porta do quarto, num arranco, disposta a descobrir por que a irmã ainda permanecia deitada quando a sabia acordada — pois não ficava o quarto de Margarida ao lado do banheiro? Ela, que já estava de pé há tempos, tinha feito toda a toalete, tomado seu banho, puxado a descarga com alarido e, desastradamente, tropeçado no tapete da entrada. Margarida se fazia de difícil.

Escancarando a porta do quarto da irmã, já com a primeira palavra na boca de repente suspensa entre a língua e os dentes, viu impecável o pequeno cômodo, a janela aberta ao dia luminoso, a cama arrumada. Sorriu, supondo que havia sido tolice sua duvidar das qualidades disciplinares da normalista. Com certeza, não a ouvira quando saíra para o pão, porque cantava no banheiro, e justo hoje havia se saído tão bem, que nada mais pudera perceber além da própria voz. O que não deixava de ser a denúncia do seu progresso vocal... Que bom! Sentiu-se lisonjeada. E mesmo com esse barulho todo os meninos continuavam dormindo!

Com um grito em tom mais alto que o da canção, a irmã mais velha botou-os dentro dos chinelos e, depois das costumeiras competições ao sanitário, dentro de suas roupas de domingo. Já era tempo de Margarida ter voltado. A irmã mais velha, que nunca conseguiu acertar nas quantidades de açúcar no café, pôs a água para ferver. Era preferível adoçá-lo, depois, na xícara, ih, mas teria que suportar, da parte dos pequenos, comparações entre prendas e rendas, de uma e de outra. Olhou para o relógio grande da sala, antigo mas repleto de horas novas para cada dia amanhecido (mais pela corda que pela vocação em criá-las), e falou um nome feio onde entrava Margarida.

Eram já sete e vinte e cinco, tempo de estarem na igreja para tomar bom lugar à frente. Mesmo que Margarida chegasse agora, já estariam atrasados, e os dois pequenos iam querer subir no colo para ver o padre no altar. O mais pesado caberia à ela, a mais velha. E Mariozinho, além de mais pesado, sentia-se o supremo ignorante de tudo. De uma vez, do colo de Margarida e na hora solene em que o padre levantava a hóstia para a consagração, ele lhe perguntou em sua voz normal, que não deixava de ser um estrondo dentro daquela concentração harmônica para o instante mais grave do culto, se era verdade que o padre tinha fufurica. O recurso fora tomá-lo pela mão e pela orelha, e sair com ele para o jardim de entrada, entre os berros do garoto e as risadas incontidas dos irmãos que bem sabiam o significado da palavra, mais os risos espremidos do pessoal céptico, que não precisou de muita imaginação para atinar com o sentido dela. Margarida não se abalara e restara no banco como se nada houvesse. Tinha sido um escândalo. Os rapazes mexiam até hoje com ela na calçada, e toda a meninada, católica, protestante e até espírita, sabia de cor a palavra. E pensar que a mãe a tinha inventado para evitar que os filhos aprendessem os tais nomes desprezíveis com que os meninos de rua denominam a mesma coisa! De que valera? Que fracasso, a palavra tornara-se bem mais vulgar e nefasta que as outras... Ela mesma sugerira uma nova, mas estava sendo difícil de pegar. Que fazer, os irmãos pequenos já tinham se acostumado com aquela e viram na palavra antiga a única maneira honesta de participarem da pornografia da rua. Mas ela própria tinha vergonha de usá-la, agora que ingressara no vocabulário da maledicência popular. Mas, e a Margarida que não vem... E os irmãos resmungando que o café não sai e que não há pão para comer.

A suspeita, afinal, só foi tomando corpo e entrando na mente dos familiares como um feto que completasse os nove meses em alguns minutos, quando, uma hora depois, os irmãos em jejum (não pela comunhão, mas pela falta da irmã prestativa, ótima no café e veloz no transporte dos pãezinhos), a irmã mais velha, cansada de andar pelas ruas e casas de amigas da Margarida, a mãe e o pai acordados sem a clássica gemada e o desjejum servido pelas mãos da filha ausente — ficou uma pergunta no ar: onde, diabos, se enfiou a Margarida?!

Já de pé e em trajes domingueiros, povoados por pensamentos cada vez mais despidos, pai e mãe resolveram, pessoalmente, cuidar do caso. Na cabeça da mãe passou fulminante uma idéia, que ela abandonou em busca de outra mais decente. Confiava na filha; mas, céus, nunca uma conversa a esse respeito, nunca uma dúvida sequer... Margarida era indiferente ao assunto, a qualquer assunto; pacífica, sem grandes sonhos, sem grandes ou pequenos pesadelos. Vivia em perfeito silêncio pela domesticidade, tratando da casa e dos estudos, num estilo de todo módico. Mesmo na época de ficar moça, Margarida lavava as suas roupinhas, livrando-as, surdamente, do sinal berrante do seu despertar para a vida, asseada e conformada, como se lhe fosse sido dado esperar sempre. Nunca um rancor ou uma falta de respeito haviam lhe atravessado os olhos ou as palavras. Sempre correta, silenciosa, obediente, submissa, prestativa: a filha que nunca lhe deu trabalho, e que mal parecia habitar o mundo! Não era possível!

Quando esse mesmo pensamento, com um pulo, se instalou na cabeça do pai, sem hesitação e olhando fixamente para a sua mulher, pois que a julgava responsável pela educação da família — ele perguntou se já tinham ido à casa do Manuel Trindade. Ela, sentindo-se culpada, mais pela denúncia tácita, do que pela pouco evidente falta da filha, procurou corrigir com rapidez, dizendo que, era bem verdade, sim, que Margarida, com certeza, devia ter dito alguma coisa ao namorado. Claro é que tal curto diálogo, mesmo ante o desesperante pasmo da situação e o nervosismo dos meninos (de um lado, sanado pelo gazetear da missa, de outro, intensificado pelo apetite não satisfeito) — pôs cogitações maldosas nos olhos da irmã mais velha e na dos outros mais elucidados. Ninguém disse nada. Eram, sem dúvida, uma família católica, assiduamente freqüentadora da igreja. Família humilde, é certo, o pai ferroviário, mas família de fortes convicções morais que precisavam ser mantidas também na aparência.

O pai foi o primeiro que se movimentou, talvez porque a sua malícia masculina fosse mais rápida que a dos filhos ainda em formação, mais esperta que a da esposa ainda em aperfeiçoamento, e desapareceu correndo, na esquina, em direção à casa dos Trindade. Quando a intuição e as pernas da mãe de Margarida a alcançaram, soube ela, lá, que o marido já tinha se dirigido à praça, lugar costumeiro onde o Mané permanecia depois da missa, e de onde não tinha ainda retornado. Eram já nove e pouco, e a madrasta do namorado de Margarida, casada de novo com o viúvo circunspecto, bem mais nova e com mais vivacidade que Dona Graça, ainda exuberante e, por isso mesmo, atenta à mocidade e aos deslizes, deteve-a na porta do quintal e, tentando ser discreta, pediu à outra que não, que não chorasse logo ali. Que entrasse. A madrasta, neste domingo, levantara tarde e folgara, de sorte que ainda não tinha se encontrado com o Mané. Não sabia mesmo dizer se ele pousara em casa, se saíra cedo ou não; o seu quarto continuava desarrumado como sempre. Ah, esse enteado era o que menos a respeitava... Fazia-a de empregada. E, aproveitando a ausência do marido, já ia continuar com as suas lamúrias recém-inauguradas se o desespero de Dona Graça não a tivesse entusiasmado mais. Foi logo dizendo que não pensasse tamanha coisa de Margarida, tão pura, tão ajuizada! — e dizia isso num acinte, saboreando lentamente e com certo prazer a dor e a vergonha da mãe de família. E, para mostrar que acreditava no que dizia, trouxe-lhe um copo de água com açúcar e ofereceu para que partilhasse da mesa posta para o café; que não reparasse, que só no domingo ela se deixava levar pelos sonhos e pela preguiça. Falava assim oferecendo um lenço ao choro de Dona Graça.

Os meninos e a irmã mais velha, que vinham da última esperança decente, da casa da amiga mais remota de Margarida, chegaram nesse instante, açodados e sem notícias. E foi nesse exato momento que a dona da casa teve a sublime convicção de que este era o caso mais emocionante e mais fértil que já ocorrera à sua vida bisbilhoteira nos últimos dez anos. Isso, sem dúvida, a livrava por instantes dos recalques e frustrações que estava angariando por tentar, sem muito esforço, ser mais mãe que madrasta.

Numa alegria contida, condizente à preocupação devida a tal estado de coisas, a recém-casada ofereceu a mesa farta aos portadores da boa notícia. Margarida sintetizava a castidade que ela nunca teve, o carinho e o respeito do enteado que a desacatava, o nome limpo e respeitado pela população do bairro, coisa que não lhe foi dado nunca, nem mesmo depois do seu casamento com o viúvo Trindade. Que gozo delicioso era ouvir tamanha nova! Margarida, a honesta normalista Margarida, direita e irrepreensível, moça impecável em suas virtudes, modelo inquestionável, havia fugido com o seu namorado, o escriturário Manuel Trindade, filho predileto do velho Trindade, seu marido e senhor. Seu amo e vigia, acima de tudo... Voltou à cozinha para buscar o leite que já devia estar entornado. Tomou dele e dos pensamentos mais recentes, e regressou à sala a depositá-los sobre a mesa. Os meninos já tinham se servido do café, pão e bolo e, finalmente, saciados, puderam dispensar o episódio da irmã. Afinal, Margarida só não tinha ido à padaria...

Discreta, ou melhor dizendo, com a curiosidade treinada em consolação para este tipo de acontecimento, botou a cabeça na porta da casa a comadre mais chegada da mulher de Seu Trindade. Algum tempo depois de ela ter entrado, como por magia, outras tantas, não tão dissimuladas quanto, surgiram repentinas por portas e janelas transversas. Não estavam vestidas de preto como condiz ao comadrio, e especialmente à pungência do episódio em pauta, mas de cores muito vivas e capazes de disfarçar seus verdadeiros fins. Vinham em busca de notícias diretas, de notícias de fonte, aportavam na esperança de não perderem nenhum flagrante.

No meio delas, já transportada para a sala da frente e para um sofá digno da sua dor, Dona Graça continuava a choramingar de tempos em tempos. Não dizia palavra, só ficava em ais. E nem falar era preciso, pois a malícia de suas acompanhantes preencheria qualquer lacuna. Algumas ameaçavam, de vez em quando, uma lágrima ou um gesto assemelhadamente autêntico, sempre na esperança de camuflar o real intento de suas presenças ali.

Estavam todas nessa comovida irmanação sentimental quando, da porta de entrada, uma das colegas de Margarida deu um enorme grito que repercutiu para dentro da casa, um grito que fez com que as mulheres da sala tivessem ódio dos olhos dela!

Dona Graça se levantou, louca, e se arremessou para a porta. As comadres acompanharam seu movimento e, ainda que retardatárias, deram com a cena no rosto. Chegavam apressados, tão inquietos quanto o raciocínio dos presentes em formular um juízo, o Seu Alberto e o Mané Trindade. O que traziam na face era mais desconcertante que a própria cena. Margarida não estava com Mané, nem tinha estado. O namorado também ficara preocupado e já a tinha buscado pelo bairro todo. Saíra, como de costume, para se encontrar com ela na missa das sete e meia, e, inquieto depois da igreja e do passeio na praça, ouviu qualquer coisa. E não havia descansado, virara tudo. Seu Alberto o encontrara quando voltava pela terceira vez de casa — infelizmente, sem novidades.

O silêncio que acompanhou a voz do Manuel ficou, é certo, arrepiado com a confusão que se instaurou. Todos falavam e gesticulavam juntos perante o acirramento, o adensamento maior do mistério. Mas o que a aglomeração não entendeu foi por que, nesse momento, em sentido tão adverso ao da situação, Dona Graça, a mãe de Margarida, sorriu. Creio que mais tarde, quando as coisas voltaram ao lugar, o Seu Alberto deve ter-lhe chamado a atenção. Também, quando mais tarde puderam reconsiderar os fatos, com aquela malícia e sofreguidão que fazem delas gênero exclusivo no mundo, as comadres julgaram injusta e inadequada a atitude de Dona Graça. Com aquele sorriso, concluíram, ela havia zombado da generosidade com que elas se dispuseram a acalmá-la num momento tão delicado e de tão grande aflição... Mulher mal-agradecida! Mas a esposa do Seu Trindade, decepcionada à porta da casa, prensada entre o vozerio das mulheres e o olhar crítico do marido que surgia como uma seta dentre as pessoas, teve vontade de pedir de volta o lenço molhado de Dona Graça e de restituir a farta mesa devorada pelos meninos. Mas o máximo que pôde fazer foi sorrir — como Dona Graça — um quase muxoxo reservado para o seu desempenho de mulher doméstica.

O que se resolveu depois de tantos debates à frente da casa do Manuel Trindade, de tantos palpites, do pânico quase real dos espectadores, foi que se deveria chamar a polícia e encarregar um investigador para a elucidação do enigma. Ninguém cogitara em crime; e muito menos em seqüestro. Naquele tempo essa coisa não tinha sido ainda inventada.

Só alguns anos depois, o relatório foi entregue aos interessados. O caso da fuga da normalista Margarida, moça direita e correta, cuidadosa pajem dos irmãos e da casa, amiga e criada de sua irmã mais velha, obediente filha e catequista religiosa, pertence hoje ao arquivo dos casos verdadeiramente insolúveis.

Com o tempo e a escassez de notícias, a família tomou atitude diversa e contratou uma empregada. Com isso os meninos acabaram por não notar a falta de Margarida, e a irmã mais velha acabou se casando com o Mané Trindade que, por sinal, tornara-se velho conhecido da família. Afinal, Margarida acertara em cheio o momento de desaparecer. Sempre correta, a Margarida...

Às vezes Dona Graça chora, mais tocada pela incógnita do caso que pelas saudades da filha, e o Seu Alberto a consola com deliciosos bombons baratos que compra no bar da esquina. A mais velha promete um filho para o fim do ano e vai levar para a sua casa a cama de Margarida. Um menino robusto dissipará por completo todas as lembranças da tia que não conheceu.

Ninguém nunca mais soube coisa alguma a respeito dela. Margarida, de fato, sumira naquele derradeiro domingo antes da Quaresma, sem terminar seu curso e nem a novena do Senhor dos Passos. Afinal, a sua partida fez mudar apenas uma coisa: passou a existir um maior silêncio ali na casa, à mesa, em lugar da mudez própria do seu inexpressivo corpo.

Ela deve estar feliz, agora. Não fala, não pensa, não lava no banheiro a sua existência inútil. Margarida fugiu de casa sem portar nenhuma bagagem: nem uma mala e sequer o Manuel Trindade, escriturário e namorado. Partiu só. Fugiu do cotidiano das mesmices e da obediência dos padrões. Não levou o seu corpo e nem a vida que não tinha.

A normalista Margarida, branca, 18 anos, solteira, um metro e sessenta e oito de altura, se consumiu em silêncio. Não morreu e nem vive ainda. Ela nunca existiu.

DIÁRIO ADOLESCENTE, pág. 2

ESTOU TRANCADA EM MEU QUARTO. O resto do mundo está lá fora, depois da fechadura e por trás da janela, e só posso escutar o ruído distante das coisas que todos dizem e fazem — sem mim. Mas não há diferença alguma, visto que nada muda e que nem gritos ouço deplorando a minha ausência. Ninguém imagina quão distante estou de todos, pois que não há apenas uma frágil porta entre nós: existe, sim, um maciço e elevado muro de prisão, de sorte que não sei quem está dentro ou quem está fora. E nem isso importa, pois que permaneço, antes de estar lá ou cá, sempre dentro de mim: esta a minha morada definitiva.

Mesmo depois de eu morrer vai ser difícil aos vermes me encontrarem; penso mesmo que jamais me acharão porque estarei tão solitariamente embutida em mim, que isso supõe eu estar onde ninguém, nem mesmo eles, afiados e competentes no seu escarafunchar, poderão me localizar.

Elegi esta noite que se inicia para as minhas lamentações. Como Jeremias, chorando. Pobre profeta que viveu séculos e séculos antes do verdadeiro pranto! Teu choro de pedra, putrefato de palavras, em caracteres traduzido à língua de tantos povos! Pena não estares aqui para aprenderes comigo... Não é de lágrimas, é de choro intenso o meu silêncio, e mais veemente porque não conta com nenhuma expressão. Fica pálido na face, abstrato como as coisas que não se dizem e que não escorrem: permanece latente, incrustado no corpo, exato porque não pertence à sabedoria alheia. Eu te desafio, Jeremias, a que sofras mais que eu! Mas sem recursos, vê, sem que as lágrimas revertam em benefício da paz, sem que o testemunho geral te auxilie. Eu te desafio, Jeremias, a sofreres por cima de toda a dor!

Acendo a luz. Não a luz direta, a do teto, a que desce gravemente sobre a minha cabeça, e que espalha a sua existência pelos espaços todos e, por cima das minhas pálpebras, o seu dom de superioridade. Diante dessa luz vertical, minhas pupilas se recolhem e diminuem, e eu não sei se fico mais para dentro ou se me volatizo ou se me desintegro: o que para mim seria de um favor inestimável, aliás. Mas não faço isso. Mantenho-me cativa da vida e acendo o abajur, a pequena luz de foco graduado que só nos olha fixa se a colocamos em situação para tal. Não a direta, mas a dirigida: uma passiva e outra ativa, e entre ambas, num quarto sem cores, eu — elemento neutro?

Mas têm, por acaso, cor própria, aqueles campos verdecentos que contemplam com assepsia o céu que lhes dá o tom? E que remexidamente se balançam ao aceno arrepiado e determinado do vento? Falo ainda da luz dirigida que acendi sobre mim e, também, do vozerio decapitado pra fora da minha janela, que vem, potente, da rua, e sussurrante, escorrendo por baixo da porta, de dentro de casa — e que ascende aos meus ouvidos neste momento. É que tenho a mania de cortar o raciocínio, à maneira de um *enjambement* em prosa. Mas não fujo à questão: existo sem eles?

A bola que marca gol é a que entra na rede; e a lua e o sol na abóboda celeste? Furtivas bolas zangadas e viradas de costas uma para a outra. Estão de mal?

E Deus? Uma esconsa bola informe, imperceptível?

É noite e, no meu universo, é tempo de estar comigo mesma, de me recolher, de me defrontar. Tiro toda a roupa e me olho. Não, não é possível ver-me inteira. Mesmo que me veja pela frente, falta observar-me por trás; e se me visse por trás estaria retorcidamente disforme — ainda que dispusesse de um espelho diante do outro. E este é pequeno. Não há nada nele que me possa mostrar. Olho, apenas, e intuo que, como todas as coisas, eu também sou e existo em função delas, por elas, por amor delas, por mágoa delas, em nome da esfinge delas — por ou sem elas.

Trago o foco para uma parte do meu corpo. Como é bom, só este fragmento iluminado! Que sossego dispensar o resto de mim... Sinto-me só mão e a sobra toda um grande não. Que espécimen fraseológico é o corpo humano! Cada sílaba separada se forma para a grande palavra, aquela que, quando se dorme, se agarra aos sonhos, aos pesadelos, aos desejos secretos. E a gente se torna completa apenas quando não tem consciência de existir!

Agora, por exemplo, só a minha mão alcança tudo! Mas nada é completo: estou toda dividida. A que parte da mão me pertenço? Polegar? Mindinho? Ou serei, por exemplo, essa veia que da mão se estende para o braço, em que passam esses carros agora. Lapso: essa via.

Quando, para mim, chegar o dia de colher rosas, estas estarão pesadas pelas camadas do tempo, e os meus olhos, cansados demais para reconhecê-las. Estou exausta de pretender, sem que nada se renda a mim. Estou farta de pedir às

Diário adolescente, pag. 2

palavras a imagem que não me cedem. Meu vocabulário, em extrema pobreza, se humilha ajoelhado em sacrifício pela palavra desejada. Se eu pudesse ignorar-lhe a raiz e apenas molhar dela o caule, orvalhando-o, subtraindo-a à ferocidade das formigas... Haveria, quem sabe, com essa palavra nova, um grande mistério no final da frase, e o meu corpo se assenhoraria de tudo com a serenidade de quem não precisou disputar uma guerra.

Ah, como os tormentos se amainam um tanto quando a gente se dá conta do inaudível da linguagem, daquilo que está para além do que não se diz: só assim é possível um viver pleno. Era tão bom dormir, dormir sempre para a gente se compreender! E estar calado, sem nada explicar — este é o verbo que quero inexistente dentro da minha gramática, dentro do meu dicionário-livro-oco.

Exemplo de linguagem muda? A voluptuosidade das borboletas e a perplexidade das mariposas. Reparo como a fotografia de ambos os insetos fazem um só negativo para a asa da noite. Outro? Ah, o roteiro do meu nado no mar! E as minhas pernas, moldura de que quadros? E a minha barriga, vácuo no quarto, e o meu umbigo, botão do abajur, e a minha cabeça, bueiro onde se despejam as águas da chuva.

As minhas mãos já foram menores e mesmo agora, neste momento em que me esforço por me desembaraçar de tudo, elas me assombram. Ah, as minhas mãos! Dez pontas, dez prolongamentos, dez pontos cardeais! Eu já as usei devotadas às roupas, aos remendos caseiros com que toda garota prova ser doméstica. Elas quase me auxiliaram na cozinha, um ou outro prato quebrado, cacos desmentindo a minha vocação. Queria ter acariciado rostos — tê-los guardado na mão para uma noite como esta. Mas não há nenhuma face albergada nelas quando se fecham.

As minhas mãos, sem setas, espontâneas: por que nunca usaram seu regaço de ofertas? São nesta noite celas que me prendem e soltam sonhos. Barras descarnadas. Brinquedos quebrados. Enquanto isso, a dor é um sopro, uma respiração que me impele a prosseguir. Minhas mãos se tornaram, isso sim, alambique de suores.

Os meus olhos, fonética imperceptível de gestos. A minha boca, abóboda de recreios. O meu perfil borda vales no horizonte. Só a minha inocência me priva do martírio enquanto a minha maldade antiga se desparafusa até me denunciar.

A luz elétrica e o meu debater-se dão mostras de artifício, pois que não podemos tomar emprestado o sol e a verdade. Triste paisagem: eu torta sob uma luz que mostra tudo.

Ouço fogos-de-artifício. Abro a janela e vejo que eles desenham sangue no céu. Uma procissão passa na rua da minha casa... Tanta gente à espera do milagre, tantos feridos pela vida, pelas surdas batalhas, pelo horror das promessas alheias. Nossa Senhora de Lourdes desfila no andor, na sua gruta de pedras: na sua casamata. Todos a amam — e ela se defende. O seu dedo, que indica o céu — é revólver ou salvação? E os crédulos pedindo perdão pelo equívoco que ela causa...

Dentro do meu quarto, um Cristo na parede — não: sobreposto à parede — assiste passivamente a meus enfrentamentos no aconchego da obscuridade.

É preciso ter fé para esquecer o real.

YOLE

— YOLE, SEI QUE VOCÊ ESTÁ AÍ! Me responda! Abra aqui!

Ele espalmava as mãos na porta de entrada, diversas vezes, empurrando-a, já quase a forçá-la para dentro — mas era inútil. Sua irmã não o acudia. Toda a casa jazia, penumbrosa, num completo silêncio, e apenas o ruído da sua voz e o barulho que fazia sacudindo a grossa porta, ora com a mão na maçaneta pressionando a abertura, ora com os nós dos dedos quase golpeando a madeira, lhe davam uma dimensão insuspeitável: a do seu próprio desespero. O que teria acontecido?

Mais nova que ele um ano, Yolanda sempre fora a favorita, a companheira de folguedos e de tarefas domésticas, a cativa e sintonizada cúmplice nas artes que sempre aprontavam para os restantes manos e infalíveis companheiros de infância. De uma feita, haviam cavado uma funda arapuca de lama sob a trilha da horta por onde a irmã mais velha deveria passar para regar as alfaces, certos de que dariam boas gargalhadas da mana ao se chafurdar na armadilha... Só que no derradeiro instante, a Mama é quem apareceu com o regador na mão! De modos que foi um tombo só — e dos feios! Na idade dela, poderia ter quebrado a perna ou a bacia, ou, pior ainda: com o susto e o fragilzinho coração, a Mama poderia era ter-se finado!

Esse tipo de brincadeira que, no caso deles, proliferava sempre até as últimas conseqüências, fora o expediente que os dois irmãos encontraram para fazer frente àquela gentarada toda da casa, que comportava, além da extensa prole, alguns agregados. Filhos do meio numa família numerosa, espremidos de um lado pelos quatro mais velhos e, de outro, pelos quatro mais novos, ambos não tiveram outro recurso senão juntar-se numa parceria que punha em prática o excelente humor que lhes era tão peculiar, fundido à fertilíssima imaginação para patuscadas. Além disso, contavam com uma poderosa aliada. Desde que nasceram, haviam ganho o partido da avó paterna que jamais estivera contra eles, fosse no que fosse! Matriarca do lar, criatura formal e dominadora, muito impositiva para com os restantes netos e exigente com a nora, ela se derretia toda pelos dois. Virava outra pessoa a sós com a duplinha: representava, só para eles e a caráter, readaptando antigas peças do baú de guardados, trechos de ópera; contava coisas do tempo da onça; narrava, confiante na discrição dos netos, segredos da família; mimava-os com pequenos presentes e guloseimas. Bastava que um ou outro se contrariasse por alguma bagatela, que logo logo o seu carinho corria-lhe em socorro com doce consolo: debaixo do travesseiro, na hora de se deitar, lá o esperava uma rodelinha de chocolate — a moedinha dourada da felicidade, a senha do seu amor permanente.

Mas estaria a Yole aprontando uma das suas? Se assim fosse, levava longe demais a brincadeira — ela ia ver só! Já a buscara por todos os possíveis locais onde costumava ir, e isso numa peregrinação que durara quase o dia todo — e nem sinal dela ou do Dinho. Com uma criança assim pequena, recém-nascida, não era possível que esses pais desajuizados pudessem permanecer fora de casa até essa hora da noite! Ele sempre gozara de ascendência sobre a irmã, fazendo e desfazendo, e ela o respeitava com humildade e paixão. Se estava em casa — e aonde mais poderia estar? — por que não abria a porta?

De uma feita, quando pequena, obrigou-a a tomar óleo de rícino no lugar dele, e ela o obedecera com a devoção de uma escrava. Enquanto Yole se desfazia por baixo, num destempero danado, correndo de dez em dez minutos para o banheiro, ele permanecia todo supimpa na cama, pajeado pelas irmãs mais velhas, que o cercavam com caldinhos apropriados e canja de galinha, entre inúmeros e pequenos cuidados. Também de uma vez em que ela passara mal por causa de um aborto doloroso, e que caíra numa prostração continuada, ele a trouxera de volta para si, usando a mesma antiga tática infantil das palhaçadas. Depois de tentar despertá-la da letargia com as gracinhas mais à mão e sem obter reação alguma — perdida que andava a coitadinha no mundo em que a promessa do filho se esboroara — ele não desiste: vai direto para o famoso nicho do Santo António na sala de visitas, Santo da maior devoção da Yole, que ela encomendara da estatura de um rapazinho, e toma-o, mui respeitoso, no colo. Segue, então, expressamente na direção da irmã, e cochicha no ouvido do Santo, muito espalhafatoso e com ênfase, uns segredinhos de propósito audíveis apenas nas sibilantes. Em seguida, muito solene, explica a ela (que sequer o nota) que, com a bênção especial a receber do Santo de estimação, Yole não terá outro recurso senão se restabelecer imediatamente!

Mas, mesmo com os gracejos todos, ela nem se bole, de ouvidos moucos para o tom jocoso do querido irmão que, fazendo das tripas coração e sem dar-lhe mostras do buraco que essa desoladora apatia lhe abre no peito, vai-se movendo, fingindo-se de muito animado, para dar início à benzedura.

Num latinório muito fuleiro, repleto de inventações que incluem termos divertidos e zombeteiros do comum repertório de infância, ele a enaltece dubiamente, troçando da sua beleza, silhueta, bondade e inteligência... — tudo num cantochão gregoriano com sotaque caipira — confiando, claro está, também na beatitude do Santo que, mercê da nobre causa, certamente o desculpará... Mas em lugar do turíbulo ou do bastão para aspergir água-benta sobre as mágoas da irmã, ele vai usando, à maneira de uma batuta que rege o latinório, o próprio corpo de gesso do Santo!

Assim, vai chacoalhando o pobre e pesado António, com tanta fé, concentração e veemência, que mal pode contê-lo nos braços. Gesticulando-o todo no movimento do sinal da cruz, vai cobrindo, com a venerável estátua, a debilitada irmã, tocando, com a cabeça do Santo, a cabeça dela, o peito dela, os ombros dela e, de novo, a cabeça dela, o peito dela, os ombros dela, e assim por diante, por diversas vezes — como se aguardasse um milagre... E é então que numa dessas investidas beatas, mal sustendo a carga das graças e a exaustão do fracasso evidente, seus músculos se afrouxam! E eis que o Santo lhe escapole das mãos, escorregando, sobre a cabeça da Yole, a sua dura cabeça de gesso que, simplesmente... se quebra!

A situação seria por certo tragi-cômica se o grito de dor que a Yole dá acusando a pancada no cocuruto não a tivesse despertado daquela bruta abulia! Ao botar as mãos na cabeça e ao topar com o rosto fendido do Santo, secundado pela cara lambida, surpresa e galhofeira do irmão, ainda muito cônscio do seu papel de padre milagreiro — ela não se contém:

— Você machucou o meu Santo, Gastão?! Olhe o que você fez nele! Pobrezinho... coitadinho do meu Santo querido! E agora, o que havemos de fazer?! Me bota ele aqui no meu colo! Me deixa ver! Ai, meu Deus do céu... Me dê ele aqui!

Era, afinal, a vida, com todas as suas incongruências, que ela reconhecia ali na testa aberta do santo milagroso e no radiante sorriso do irmão, que a chamava de volta! Então, deixando as mazelas para trás e saltando do entorpecimento em que andara semanas, Yole ria que dava dó, misturando lágrimas boas e más, querendo saber dele como iriam fazer agora para colar a cabeça do injustiçado, regressando, afinal, àquela que sempre fora: a mulher valente e bem-disposta, que nada conseguia vergar; mulher zoadeira, divertida, extravagante e patusca!

Pois era a essa que o irmão procurava agora, sem encontrar.

Ela e o Dinho estão tão exultantes com esse menino que nasceu há dois meses, combinado com a minha mais velha, que perderam o juízo! E não é pra menos — tiro por mim mesmo! Certamente os dois priminhos serão amigos pela vida afora, tal como nós, os manos... Não duvido nada que as crianças tenham herdado a nossa veia! Acho que esse pendor para a caçoada gostosa e sadia não se perderá — vai virar mesmo uma tradição familiar... Um lembra muito o outro, de tão parecidos! São como gêmeos!

O batizado está acertado para daqui a quinze dias, numa única cerimônia, e, depois da missa, a família toda vai descer pra casa dele para o jantar festivo. A Mama foi escolhida para madrinha de ambos, e só os padrinhos são diferentes: do lado dela, o pai do Dinho; do lado dele, o pai da Mina. Yole tem casa em Santa Bárbara, na estação de águas — teriam ido para lá passar o final-de-semana? Mas sem avisar ninguém, isso não se faz! Ela, com esse sestro de não deixar ponto sem nó, pode bem é estar me aprontando alguma em resposta daquela última que lhe fiz, isso sim! Aquilo tem um gênio...

Pelo chefe da sua repartição, Yole havia sido encarregada de providenciar a confecção do diploma de honra ao mérito a ser entregue a uma importante autoridade que, apenas para tal cerimônia, vinha a Botucatu. Como se encontrasse às vésperas da licença de maternidade, havia postergado por uns dias o início da sua saída, só para cumprir a contento a obrigação. E como o irmão era o perito local em heráldica e em letras góticas, fora a ele que, sem nenhum nepotismo, a encomenda da Secretaria recaíra.

Era ainda verão, e daqueles carregados de chuvas inesperadas e fortes. De um momento para o outro desaguavam do céu e, logo em seguida, se aplacavam para retornar, de súbito, cortando a intensidade do sol. Por isso mesmo, a cada vez que a Yole punha o pé pra fora da repartição para ir buscar o diploma na casa do irmão, a chuva caía — e ela, temerosa de pegar um resfriado em véspera de parto, se recolhia e transferia a tarefa para mais tarde.

Até que não deu mais para adiar a importante missão: a homenagem ia ocorrer naquela tarde! Nesse dia, e mesmo com a intimidação de outra chuva por desabar já quase ao meio-dia, ela se pôs em campo e começou a descer os dois quarteirões que a separavam da casa do irmão. Combinara com ele, e ele já estava postado de plantão na porta da garagem, todo solícito, na hora aprazada. Com o pergaminho na mão, avistara-a vindo pela ladeira com aquele barrigão, munida de capa e de guarda-chuva, pisando com muita cautela na calçada lisa, não fosse escorregar e enfiar os pés nas enxurradas que se escoavam com rapidez para o córrego Lavapés! E ele ali, com a melhor cara de anjo deste mundo, mas muito malvado e disfarçado para ela não perceber o bote secreto que engendrara para ficar quites com a última troça que ela lhe armara...

De maneira que quando a Yole chegou, toda apressada para receber das mãos dele o manuscrito e pegar o caminho de volta, o irmão, como se dispusesse de todo o tempo do mundo, fez questão de abri-lo, ali mesmo na calçada, para que

Yole

ela pudesse apreciar a perfeição do seu trabalho. Que ela notasse o efeito do contraste das cores heráldicas, e encarecia muito o tempo que levara para confeccioná-las — pois que tinha usado uma tinta não sei das quantas, Yole, o último frasco de um nanquim que infelizmente não se produz mais, mas que oferece, pode ver, um resultado extraordinário, encorpando as letras góticas; isso sem falar na tinta dourada, que acabara, por sorte, no último traço da derradeira letra, mas que imprimira ao diploma toda a elegância e nobreza que ele deveria ter. E foi indo assim, nesse trololó que só fazia retardar mais a irmã.

Yole, inquieta, quer enrolar com pressa o pergaminho e subir de imediato de volta, dando por concluída a tão protelada tarefa. Mas o irmão continua estranhamente a insistir nos seus dotes de calígrafo — justo ele que toda a vida fora sempre tão modesto... E que, insensato, a retém ali, na calçada, debaixo da iminência de uma chuva e sob a ameaça de comprometimento daquele precioso objeto que, assim aberto e exposto ao sabor do próximo chuvisco e do ventinho fresco, pode bem se arruinar...

Como ela insista em puxar para si o diploma, para enrolá-lo de uma vez por todas, salvando-o das mãos desprecavidas do estouvado irmão que, malgrado a explícita determinação dela, ainda o sustém arrebatando-o para si — acontece o inevitável! O infeliz documento esgueira-se da mão de ambos e, primeiro, como um leve planador e, em seguida, como um barquinho solto ao léu, embica no curso da enxurrada veloz e vai navegando ladeira abaixo...

Yole quase tem um faniquito: mal pode se bulir com toda aquela barriga, e muito menos se abaixar. Menos ainda, se acocorar correndo para tentar recolhê-lo! O recurso é gritar por socorro, gritar pelo irmão que a acuda, já chorando e deplorando a triste sina do diploma que vai perdendo a honra e o mérito, descorando as suas patentes coloridas à medida que desliza à deriva, berrando de novo e de novo pelo irmão que, aos saltos, o persegue apostando corrida com a água! É um fuá danado, um verdadeiro escândalo! As poucas pessoas que por ali passam tentam ajudar, umas amparando aquela pobre grávida desconsolada, outras escorregando na direção do naufragado, que escapole da mão de um e de outro e que, em lugar de esbranquiçar, vai é ganhando a aflitiva tonalidade creme-ferrugem da enxurrada, até que, muitos e muitos paralelepípedos abaixo, o irmão finalmente o impede do definitivo soçobrar... O que já é, nesta altura, absolutamente inútil! Mais valia ter sucumbido de uma vez sem deixar um mísero traço! Quem sabe assim pouparia à inconsolável Yole a flagrante penúria da sua situação!

Já a porta da garagem se abrira e a cunhada, alarmada e prestativa, surgira para encaminhá-la para a cozinha, para uma água com açúcar, para um chá de camomila, para um calmante muito leve para mulher prenhe, enfim, para qualquer coisa que a apaziguasse... Sentada, desacorçoada, rezingando, sem luz no fundo do túnel, antevendo o desastre da homenagem na Secretaria, Yole choraminga com os cotovelos em cima da mesa, contendo com as duas mãos a testa que obriga a pensar em algum expediente mágico, não sem antes deplorar o trapo que o irmão tem nas mãos:

— Tão lindo que estava, Gastão, que infelicidade, como é que aconteceu? Será que a culpa foi minha? Fui eu que puxei, fui eu sim! E o seu trabalho todo, meu irmão, que judiação! Tanto que você caprichou! E está tudo perdido, tudo, Gastão! Que infelicidade, meu Deus! O que é que vamos fazer agora?

Já se sabe que, infelizmente, não há ensejo para prestidigitações. A coisa é simples: é impossível produzir outro — não há mais tempo e muito menos nanquim... O irmão a secunda nas queixas, mas com um tantinho menos de convicção. Não quer culpá-la; defende-a. Que a irresponsabilidade fora dele, sim, e não dela! Que foi ele quem segurou o pergaminho, e que, idiota, soltou-o quando ela puxou; que o erro fora dele... Que se não tivesse feito isso, o diploma estaria ali, novinho em folha, pronto para a cerimônia da Secretaria! Mas que ela não se preocupe: ele vai até lá, agora mesmo, para explicar tudo...

Mas de que adianta? Nada ameniza a desolação da irmã, que vai entrando num estado crônico de lamentos, perigando desembocar numa crise de autopiedade. E então, de repente, atravessa a cabeça dele o receio de que essa aflição alongada possa afetar a gravidez da irmã — coisa em que deveria ter pensado antes; isso sim! Mas que burrice!!!

Levanta-se num átimo, como que picado pela vespa desse pensamento, e segue, rápido, na direção do seu ateliê, de onde regressa no mesmo instante com um rolo branco nas mãos. Rolo branco que vai desenrolando pouco a pouco — à maneira de um arauto em praça pública descortinando uma proclamação — descerrando o mistério do seu conteúdo gótico diante dos olhos estupefatos da irmã... É que se trata do mesmo pergaminho encerado, do mesmo diploma de honra ao mérito, do mesmo objeto de litígio, enfim: trata-se do próprio redivivo — sem tirar nem pôr!!!

Yole está pasma — e agora sim é que corre o risco de dar à luz! Mas ainda bem que ela é forte, é muito forte! O arteiro do irmão fizera dois manuscritos: um para a brincadeira em que queria pegar a mana querida, e outro para valer: para ser entregue nas augustas mãos do homenageado...

E agora reconhece: só por causa dessa recente função maternal que a tem ocupado tanto, marinheira de primeira viagem, é que ela ainda não se vingara dele... Não tivera ocasião, com tantas fraldas pra lavar, com tanto zelo a gastar com o pequeno, com tanto mimo a dedicar à criaturinha. Mas é bem possível que tenha chegado o momento de botar o formigueiro para pensar, para dar um bote em mim! Tá na cara! A danadinha está me aprontando, já vi tudo; quer me ver louco com esse desaparecimento, quer me pegar nessa... Me estranha muito o Dinho se deixar prestar a isso!

— Vamos Yole, páre com essa! Já descobri tudo! Abra esta porta de uma vez por todas que eu não vou passar a noite toda aqui! Ou você abre ou eu arrombo — e ainda não pago o conserto! Tá me escutando, sua doninha? Pensa que eu sou um bocó-de-mola, é?

E essa revelação do engodo, assim desmanchado pela astúcia do irmão, assim gritada em voz alta — não é que dá resultado? Já se ouve de dentro da casa o ruído de passos vindo na direção da entrada.

Mas quem aparece na fresta da porta que se abre com vagar, emergindo do escuro e do silêncio total, é a cabeça do Dinho. Ele está irreconhecível: sem óculos, desgrenhado, os olhos pisados, a cara macilenta. É um autômato, mal pode mover a boca para falar. E não fala. Apenas mira distante o cunhado com os olhos que se afundam para dentro, como se não o conhecesse, e abaixa a cabeça chorando num soluço idiota, pífio, de quem, de tanto sofrer, já desaprendera aquilo.

Abrindo com o corpo toda a portada, entrando numa correria e se batendo às cegas, no escuro, na agonia do que, muito embora evidente, ele não quer prever, o irmão vai em busca da réstia de luz que vem do quarto do casal. Há um odor difuso e pesado que se adensa à medida que ele se encaminha naquela direção, como a eloqüência tácita e comiserada de um vendaval de morte.

Sentada na poltrona, como uma estátua que as lágrimas petrificaram em dor e em sal, o rosto macerado descaído para o peito numa expressão mista de dilaceramento, de flagelo, de despovoamento, de pungente beleza — Yole acalenta imóvel o cadáver do filho. É a imagem viva da mater dolorosa!

O pequeno nascera com um distúrbio no coração e falecera há dias. Mas os pais o privavam dos rituais mortuários na esperança de que ele despertasse a qualquer momento... E já não era possível arrancá-lo dos braços maternos, seu túmulo de painas, estofo da ternura fanada, cesto de aconchegos para sempre adiados, fenda de pesares por onde se esvaíram uma a uma as promessas da vida.

Após o enterro, Yole e Dinho retornam sozinhos à casa. Era como se ali ela entrasse pela primeira vez. É uma alma vagante sem rumo, um fantasma oco que mal se sustém de pé, refém de uma continuada e interminável emoção que a esburaca, que a dilacera e assola, e que a devastará para sempre. Procurando naquela aridez de móveis e de objetos sem sentido e sem memória, o rosto do filho, chamando por ele pelos cômodos que percorre com andar incerto, tateando no assombro do vazio um pequeno traço da sua tão rápida passagem pelo mundo — ela se deixa, por fim, combalida, desabar sobre a cama. Se debate sobre ela, com certa avidez dolorosa, lutando de um para outro lado, buscando para o corpo surrado uma posição em que ele se acomode um pouco ou para sempre.

Maquinalmente, vai esgaravatando com as mãos e os pés inquietos os lençóis, como se moldasse um ninho onde agasalhar seus pesares; e nesse turbilhão de gestos quase marciais, em que o corpo flagelado se contorce extremado nessa vã diligência, ela vai ajeitando o travesseiro como se com tais penas pudesse erigir refúgio contra os tormentos que lhe fervilham a cabeça desolada. E é quando as suas mãos esbarram num pequeno volume. A textura desse objeto lhe rasga uma nesga, um vãozinho na memória desconexa, que a transporta de repente para um tempo feliz de infância que, todavia, lhe parecia estar afogado para sempre. Atordoada, sentindo os efeitos de uma pancada na cabeça que lhe impede de lembrar o nome das coisas, Yole vai pouco a pouco reconhecendo — por entre as brumas de um pesar que se esgarça cedendo entrada para uma doce paz antiga e certeira, para um prazer secreto, confiante e seguro, para uma inabalável cumplicidade — a moedinha dourada, o chocolate benfazejo, a pura e renovada senha daquele imorredouro amor!

DESCONSTRUINDO HELENA*

RÁPIDO, O TELEFONE SOA COMO BÚZIOS de anunciação. E, pela extensão da casa habitada, o corpo de Helena segue as vibrações do aparelho. Numa distância de sinos e aleluias, a última esperança voa com ela para a foz do acontecimento, qual rápido expresso no transporte do seu passageiro. Fogos-fátuos de alguma felicidade antiga povoam-lhe o rosto e parecem ir iluminando o caminho até o derradeiro contato.

No fim do corredor, o aparelho aguarda, gritando o seu enigma, até que o silêncio da fusão mão-fone ecoa. Mas, grande pena! A evidência da voz gerada pelo telefone dói mais que todos os fios juntos a espancar.

Helena se imobiliza com o fone na mão. Ele é um martelo que bate e que esmaga o ar, que a maltrata, e que afunda, enterrando, suas ilusões. Quantos anos haviam renascido nos dois metros que a separavam antes dessa tenebrosa certeza?! E, agora, de repente, soçobram, assim, sem energia, num segundo ultrapassados... Helena parece quase um espectro na sua palidez de agora. O seu rosto está coagulado de decepção, as suas mãos crispadas e inúteis jogam o aparelho de encontro aos sonhos e à parede. As sobrancelhas, mais em serra, desnorteiam atalhos por onde as linhas dos nervos chegam a chocar locomotivas lotadas de pensamentos. Seus lábios são flor remendada com imperfeição. As clavículas, cabide que sustentava o corpo, já suportam com dificuldade o vestido vermelho que ela escolhera para premiar o dia. O olhar parece um peixe fisgado balançando no ar, e tanto, que Helena pende sobre a cadeira e se derreia desengonçada, esparramando pelo chão um lote de esperanças.

Nenhum grito lhe abre a garganta. A voz, que não sai, parece mais a poeira da partida de um vôo. Como lutar, se lhe desgalharam as mãos? Há cigarras estridentes

---

* Escrito da perspectiva do expressionismo cinematográfico alemão...

nos seus ouvidos que cantam e continuam cantando hipnóticas. Parece que lhe explicam alguma coisa em código morse — mas não convencem.

Trôpega, Helena se levanta. Resta-lhe apenas recolher os objetos do chão alimentando a quimera de que não se quebraram. Mas a tênue louça dos devaneios está estilhaçada; os sentimentos do mais alto afeto, borrados de cores medonhas, mancham os ladrilhos; as fantasias, esmagadas de dor, são pasta viscosa capaz de fazê-la escorregar os sapatos para, num tombo, acordá-la de vez do seu pesadelo.

Sem dúvida, Helena deverá aguardar mais um século, morrer e nascer, morrer e nascer, tudo de novo, para que o sangue fertilize outra vez a terra até que haja grandes maçãs que serpentes possam abocanhar: mas isso é o passo seguinte, o de amanhã. O de hoje é chegar ao final dessa fruta assim amarga, chupá-la toda, vasculhá-la com os dentes, para saber de que cor são os vermes.

Helena levanta-se de um espaço ainda indeterminado, dedos pingando unhas, memória em jatos sobre os cílios fechados. Estalos telegráficos nos grampos do cabelo — única comunicação de si para si — acabam por despencá-lo com verdadeira ênfase. E a voz entumecida pela certeza da confiança esboroada denuncia por fim todos os sobressaltos no único grito que ela emite:

— Aaaaaaaaaaaaaaaaaaaaaaaaaaaaaaaaaaaaaaaaaaaaaaaaaaaaaaaaaaaaaaaaaaai!

É, como se ouve, um gemido e, com ele, Helena chega a assustar o zoológico adormecido que alberga dentro de si. As patas das feras atormentadas surgem no seu rosto, marcando-o atabalhoadamente, que só não sangra porque tudo já havia sido derramado. Algumas aves de extensos vôos se despedem dela e regressam para o início dos tempos. Tigres pulam de dentro do seu peito e emprestam aquela cor estremecida e móvel ao seu cabelo. Crocodilos tão generosos quanto imprevisíveis sobrepõem à pele de Helena o couro à prova de balas. E sua dor altíssima, assim crispada e acalentada por esse carinho selvagem, nem se ouve: Helena conhece, então, o consolo do galgo e do morcego — tudo ela vai conhecendo por exclusão.

Abandonada pelos próprios pesadelos, ela está só, absolutamente solitária dentro da casa. Nenhum rumor de passos vem crescer almofadas no seu ouvido. Nenhum outro grito a ajuda a fazer azul o céu, chocolate o barro e caramelo o tronco das árvores. Ela, abelha amarela, tem as asas prisioneiras de tanto fel. A hora é de água e lama, e Helena pisa cautelosa saindo para buscar ar fresco no jardim que dá para o mar.

Os degraus foram feitos para que os passos pudessem sossegar; para que, diante da escada, o corpo se perguntasse onde quer estar ou, neste caso, se quer descer. Mas quando se prefere o desconexo das ondas, tem-se de vigiar para que não venham com elas as pedras subterrâneas ou os peixes. Helena deveria ter querido do que não foi, apenas o amor — e não a dor, o eterno complemento da rima mais primária desde a invenção da criatura humana.

Mas ir ao encontro do sabor do vento, diante do mar, é o que ela pode fazer de melhor agora, se quer se blindar e esquecer. A areia há de lhe fazer cócegas nos pés descalços, e a fará sorrir. Quem sabe, por segundos, os lábios se acostumarão nessa posição. Quem sabe se mais tarde, olhando-se no espelho, a lembrança dessas descontrações não convencerá seu íntimo?

A água revigora, ensina o choro e o ajunta em volta das pedras — são as ilhas que se vêem daqui. Um bom observador repararia como elas se avultam e se batem com força na praia. Helena segue como autômata e mergulha: faz crescer o mar com seu pranto. As águas estão prestes a molhar o piso da casa.

Depois regressa, ofegante, deslembrada do batismo que praticou. Joga para trás os cabelos molhados e a noite bloqueada de preto. Muito dela também se dissolveu na andança de lá para cá ao longo da praia — em poças. E nem seria impossível reencontrá-la em algum bueiro.

De volta, apenas o vestido denuncia a garantia de estar alguém em casa, já que o rosto imutável não confirma sequer a existência de um corpo. Porque tudo nele parece estar banido e, entretanto, pode-se observar como ele coopera ainda, andando, tropeçando, levantando alguns olhares sem bússola.

Mas como convencer às paredes que sorriam com a mesma espontaneidade de sempre? Só se a gente lhes implantasse dentes. Seria preciso encontrar para a casa desfeita outros matizes, outros trejeitos, outros jogos mais condizentes com a sua situação de penúria. Como explicar àquele pássaro pendurado no trapézio da sua morada que cante ainda, agora que ele sabe que a gaiola é a grade que o separa do mundo?

Era bom quebrar o mutismo dos olhos de Helena com pedradas que jorrassem, ao menos, duas fontes. E esvaziar o seu corpo como a uma bexiga, picada por alfinete. E fazê-la flutuar aos quatro ventos, sem pensamentos pontuais, apenas com uma dualidade bruta de pacificidade e inércia.

Helena descansa os pés e a montaria: dispensa o animal que era. Sem ritos e nem cantos gregorianos, põe-se na procissão dos seus estados e, num engano de fila, tropeça. Não sabia bem se ia na frente com o estandarte ou no fim com o povo. Mas tudo era ela mesma; e o que importava ser agora pés ou cabelos se tudo estava desfeito? A consciência tomara tantos membros que, centopéia, lhe fazia ardências sobre o corpo. Valeria a pena arranhar-se de dor? Matar-se? Não! Nada valeria sequer um gesto agora.

Na sala, ao passar Helena pela enorme escultura em madeira, há como que um eclipse entre ambas que acaba deixando a casa às escuras que, como uma mendicante, pede por esmola a luz. Mas nem os altos gritos dos bibelôs em poses estranhas ao desespero acordam Helena desse êxtase ao qual se depõe com vontade, em que se derreia definitivamente para o insensível, entregando-se ao nada. Já agora está fundida à estátua de madeira, vertida em esfinge...

Sabe-se que a proprietária dessa morada virá procurar Helena no final do mês para receber o aluguel. Sabe-se que estranhará a sua ausência. Dará para si mesma um prazo e esperará algum tempo por ela, quem sabe meses e meses, até que, sem mais esperanças, acabe por se desfazer de tudo quanto há na casa. Venderá os móveis a alguma loja e a esfinge de madeira a algum bricabraque que, talvez, se interesse pela particular indiferença do olhar dela. O antiquário, que nada sabe de metafísica, poderá vender Helena por um montante expressivo (quem sabe o peso da sua dor em dinheiro) a uma das ricas esposas de um dos donos da Companhia Telefônica, e esta a adaptará, conferindo-lhe maior utilidade, à porta da entrada da casa, num prosaico porta-guarda-chuvas.

Assim, Helena poderá chorar, sem que ninguém perceba. Quem estranhará um tanto de água a mais, num objeto feito para permanecer molhado?

OS FINADOS

ESTÁ UM DIA BELO E RISONHO COMO UM rosto de miosótis. E se não se precisasse de calendário para se saber dos dias, ninguém adivinharia ser hoje Finados. É claro que este dia não tem obrigação alguma de ser triste; mas as roupas das mulheres, as coroas em venda pela cidade e o povaréu pela avenida fazem das flores e do meu entusiasmo um falecimento.

Se ao menos os sinos da Catedral não soassem tanto! Se ao menos a ausência de música e de sorrisos pelas praças não fosse acrescida de um ar grave que desce dos céus, eu poderia correr e dançar e ser feliz. Mas tudo isso me tolhe, tudo isso me arrasa como se fosse túmulo. E a minha vontade de fugir estoura vazia pela obrigação da missa, da solene visita ao cemitério, da roupa escura, do silêncio, da contemplação.

Isso deveria acontecer só a eles, que reservam para um único dia do ano o sentimento de falta e de penúria de todos os dias. Eu me recuso a chorar com eles, só porque é dia disso. E justo hoje não estou pesarosa. E o que posso fazer com um tão triste dia nas mãos?

Mas as obrigações me prendem como amarras, e finjo ou me convenço; no fim, até acabo acreditando. E lá vou eu, na mão dada à minha mãe, e nas flores por morrer.

A avenida é tão extensa e o sapato da gente se enche de terra das construções recentes. Além disso, encardo as meias. Tenho de ir e tenho de pisar; e as meias em mim (única coisa ainda branca: a minha alma é desobediente) não serão mais tréguas e acenos a este dia bonito tão solitário. E o sermão em casa, os meus maus modos, a minha má vontade, a falta de respeito ao pai morto. Daí começo a brigar. Porque amei meu pai mais que tudo. Falta de respeito — como ousam?!

Sempre altivo, sempre lindo, e por que, só porque hoje é Finados, ter de vê-lo, de senti-lo, agora, debaixo da terra, apertado num caixão tão frágil à mercê da fúria dos vermes mais daninhos? Oh, isso é mais soturno e doído que aquele barro que encarde as meias de todas essas pobres meninas órfãs que vão ao cemitério. O que eu quero é esquecer, ao menos um pouco, a cada dia; e não me lembrar dessa desgraça, não neste dia tão belo e prazeiroso. Faz mal para ele. Eu sei que faz, que é rebaixá-lo, e o que é pior: ele não gostaria de me ver ali. Ah, no próximo ano, fico em casa, fico em casa — de lá ninguém me tira.

Papai era lindo como um Papai Noel. Sua presença era um eterno presente pra mim. Ele era a minha dádiva maior, mas eu nunca revelei isso a ele. Será que morreu sem saber? Eu o beijava de vez em quando, não muito: ficava encabulado. Mas eu sei que, de alguma forma, ele vive em mim. Era a minha cara, e vai ser a cara do meu filho quando eu o tiver. Por que será que pensando, eu choro? Papai nunca me deixava chorar, fazia de tudo para não me ver chorar. Pronto, não choro!

O caminho é bem longe. Por que o cemitério é perto daquelas mulheres-da-vida? Se eu fosse homem, ao ir pra lá, sentiria vergonha de passar com esses pensamentos perante os restos dos meus antepassados. Seria absurdo, desrespeitoso, isso sim. Mas os homens nunca pensam; eles apenas agem. Se aquela menina não atravessar depressa a rua, o carro vai pegá-la. Ainda bem que buzinou. Acho que deve ser muito triste morrer num dia de Finados, quanto mais ainda ao final de um dia lindo como este... Ainda mais em criança. E nascer? Ah, também é horrível. Já pensou, a gente nunca poderia dar festa, e muito menos ganhar presentes. Mesmo que a comemoração fosse no outro dia, a gente teria uma marca: aquela ali nasceu no dia de Finados... E os meninos morreriam de rir. Nas brincadeiras de circo, a gente sempre seria a morte, a morta, a viúva, a mãe que não tem filhos, a órfã, a solteirona. Nunca a princesa e nem a boneca loira. E, no entanto, puxa que lástima, há meninas que nascem em Finados!

Olha quanta festa, até parece gente! Ora! Olha quanta gente, até parece festa! Aquele carro não é daqui. Um dia bom para os pipoqueiros. Bem, nem todas as meninas têm mãe como a minha. Tenho de fazer cara de triste e não pedir nem algodão-doce e nem pipoca. Ah, mas no domingo vou me refastelar. Oi, tudo bem? Ela nem me responde, com esse cabelo de vesga em cima dos olhos, cara de bode! Cara de bruxa! Última vez também. Viro a cara.

Já houve trombada hoje? Também, com tanta gente de fora, que nem tem idéia de como as pessoas daqui dirigem por essas ruas... Ai, que agonia, e este calor, e todas essas pessoas para cumprimentar, nem posso olhar direito para os túmulos que gosto de observar, e já estamos aqui dentro. Os que não têm religião são um tronco de árvore cortado. Não têm cruz. Que gozado. Puxa, aquelas flores devem ter vindo de São Paulo! Até cachorro veio passear hoje; ele nem desconfia o que fazem os outros por aqui. Ou... ou talvez tenha vindo pelo faro procurar o seu dono morto, como num poema que papai gostava de recitar. Coitadinho, que carinha triste!

Os finados

Mamãe, posso? Não adianta; mamãe não me deixa mesmo levá-lo para casa. Não adianta falar mais. Tchau, meu lindo, até, viu?

Este cemitério virou duas pistas: uma para sair e outra pra entrar. Até parece que as pessoas fazem *footing*. Os homens são mesmo organizados. A cara de quem sai não é a mesma de quem entra. Parece que se aliviaram, parece que deixaram o emprego e vão para a casa jantar. Ou, então, que saíram do banheiro depois de terem entrado apurados. Feia comparação; mamãe não gostaria. Mas estão com fome, de certeza! Quem entra também segue com pressa.

Pelo menos as árvores, aqui, deviam ter flores. São todas meio esturricadas, magras de dar dó e cheias de nervos nos troncos. Às vezes, têm mesmo espinho. Os homens forçam as coisas até que fiquem tristes. Há árvore de tudo quanto é tipo, mas escolhem as mais tétricas, as mais com cara desenganada, de defuntos, para ornamentarem o cemitério. São árvores mortas, claro está, mas que devem durar eternamente. Para enfeitar cemitério! — o que já é, diga-se de passagem, algo infinitamente funesto. Depois, a gente quer fazer vestido roxo porque gosta, e não pode, porque todo mundo vai falar que é cor de morto. Ora essa! Eles é que decidem isso, e todo mundo precisa seguir. Mas, um dia, eu não vou morar mais aqui e nem com ninguém, e vou usar a roupa e a cor que bem entender. Vou combinar vermelho com amarelo, cinza com preto, roxo com verde, e quero só ver. Pior: vou usar só roxo e lilás. Se eu fosse velha, o único lugar para onde não viria seria este. Impressiona, e a gente é capaz de morrer mais depressa ou de ter um troço aqui. Para que cooperar com o destino? Essa deve ser viúva. Por que estará sozinha? Me dá uma pena enorme ver velha sozinha.

Santo Deus, é agora, na próxima quadra que a gente vira à esquerda, é lá. Não quero, não quero ir. E se mamãe se esquecesse e não lembrasse mais da localização? Eu bancaria a fingida, e pronto. Também esqueci, qual é! Não quero ir lá, ai Deus, não quero! Se eu quisesse, e quando, eu viria aqui pra cuidar das flores do jardinzinho, mas isso era só quando eu resolvesse. Agora não. Não tenho mais coragem de plantar nada lá. Já plantei tudo; plantei o que me era mais caro. E as flores nascem, essas malditas, nutrindo-se do meu pai!

Quero ir embora, não suporto mais isto aqui, esta tortura! Mamãe, o cemitério já vai fechar. Bolas, ela tem relógio. Ih, estou com dor de cabeça, vamos embora? Estou com sede, vou tomar água. Não, não, por onde passam os canos num cemitério? Santo Deus, derrubei as flores. Todo mundo ajuda a pegar, uh raiva! Ninguém me entende? Eu quero ir embora, embora, desaparecer. Sou, decididamente, contra os mortos, contra todos os mortos! Minha professora diria que sou incoerente.

Mamãe, vamos ver o da vovó, primeiro? Distraio-a olhando para outro lado, e não é que... — e não é que ela passou direto? Deus me ouviu, o da vovó! Duas quadras acima. Tenho de fazê-la demorar-se lá. Se eu inventasse de rezar o terço? No mínimo uns 10 minutos, e isso passando todas as contas e estações. Se ao menos eu encontrasse pelo caminho alguma conhecida dela. Mais uns 5 a 10 minutos, e então, 6 e meia — a hora exata para darem o toque de fechar!

Mas não aparece ninguém. Não posso derrubar as flores outra vez, seria óbvio demais, e ela desconfiaria. Nenhuma amiga dela nesse grupo que vem. E ela vai depressa. Fico para trás, e ela nem percebe... Arrumo o sapato: vai depressa do mesmo jeito. Não quero ir lá, não quero. Tá certo, a vovó, nem conheci. Muito bem que eu veja o que ela foi, no túmulo. Tinha olhos azuis. Eu me lembro, é cor-de-rosa, gostava de fazer crochê, tem santo em cima, nada tem de preto. Cabelos loiros, tem graminha em volta. Mas o do papai, não. Ele era lindo, lindo, eu quero ele! Queria vê-lo de pé e sei que vou dar com ele deitado, sempre deitado. Como pensá-lo de pé num túmulo em forma de cama? Não o quero ver descansando, não! Quero que me conte histórias, que me faça desenhos, que finja que dorme, que trabalhe, que me traga chocolates. Mas não o quero assim. Uh raiva! Aqui jaz em paz. O jota é o pê virado de ponta cabeça e sem terminar. Vamos rezar o terço, mamãe? Lembre-se, vovó... As flores, o vaso em cima; é preciso jornal para forrar por dentro. Não precisa de água porque vai secar mesmo. Mas, de qualquer jeito, vou buscar, vou buscar água. Não, morrem mais depressa desse jeito. Melhor não? Bolas, que vou fazer?! Daqui a pouco terminam as arrumações da vovó, e então? Teremos de ir ao papai. Eu puxo o terço, eu sei os mistérios. Não adianta mesmo, vou ter de ir. Ai meu Deus, acho que vou desmaiar, eu bem podia desmaiar. A vontade da gente pode tudo: eu vou desmaiar, eu vou desmaiar, eu vou desmaiar, eu vou desmaiar... Não consigo me concentrar! Ai, já está chegando; é agora, é agora. Vou desmaiar, quero desmaiar! Fecho os olhos, páro; ela terá de me chamar. Não, não é possível! Mamãe deve estar louca: passamos outra vez! E ela nem percebeu! Ai, tomara! Vou continuar do mesmo jeito, porque se ficar quieta ela percebe. Tenho de rir, de puxar conversa, de fazer alguma coisa com muita naturalidade. Não pensar. Viu o vestido dessa da frente, parece de retalho. Eu sei que é feio criticar, mamãe, tá bom, desculpa, faltar com a caridade, eu sei, foi sem querer. Mas é que eu achei e falei sem pensar. Eu sei, não faço mais. Tá bom, tá bom.

Pelo fim da rua, já ao portão de saída do cemitério, o meu ser não cogita — eu apenas sou! Transbordante! Respiro alto, respiro tão alto que ela pode desconfiar. Como suo, Virgem Maria! A sirene! Pronto, terminou o pesadelo. Não dá tempo de voltar, e, pelo menos por este ano, estou livre. Mas o que faço com estas flores, ainda nas minhas mãos?

O ruim disto tudo é que apesar de eu estar sossegada agora, me inquieto, e muito: mamãe se esqueceu do meu pai?! Será que ela já o substituiu? A sua maneira

Os finados

de se mostrar fiel é, afinal de contas, esta via-sacra no dia de Finados. E então? E, ainda que para o meu bem, deploro: ela se esqueceu dele! Como pôde?! Estaria namorando alguém?! Mas eu teria percebido, teria pressentido: ela nunca sai, ninguém nos visita... A não ser quando estou na escola. Quem sabe! Mas aquela turminha ávida já teria vindo me fofocar. Adoram se meter na minha vida. Puxa vida, esquecer do meu pai! Meu Deus, isso é mais triste que qualquer Finados...

Mamãe puxa conversa. Não me importo. Quero me safar rápido, como esta gente. Sei, sei, estou ouvindo por obrigação. Horrível a senhora. Decepcionante, ingrata, mal-agradecida! Desumana!!! Sei, mas o quê? Sim, eu percebi. A senhora passou reto. Como não? Mas por que? A senhora achou melhor? E por que não me disse nada? Claro que ele ficaria mais contente assim, muito mais, muito mais, muito mais! Mamãe, e eu estava julgando a senhora tão má! Papai transladado para a sua cidade natal, e ninguém sequer me disse nada! E não fomos para lá neste dia porque a senhora sabe o quanto isso me maltrata?! Puxa, mamãe, vou gritar o dia inteiro de felicidade. A senhora é linda, é maravilhosa, é até parecida com ele!

Ponho no saco de esmola o ramalhete de flores — o maior espólio que alguém já deu. E choro, como se tivesse ganho no Natal a boneca mais loira e mais linda do mundo! E, pela avenida abaixo, vou correndo feliz a minha orfandade.

O VASO

HAVIA TANTA ÁGUA DENTRO DELE QUE, quando se partiu (e esse foi um processo por inteiro desconhecido, visto que ninguém esbarrou nele) — minou uma poça no tapete todo. Todavia, a minha maior pena pendeu para as flores que, surpresas e angustiadas, bateram com o rosto delicado sobre o chão, rompendo os cabelos, espatifando as corolas. Que culpa tinham elas?

Eu estava a dois passos dali, semideitada no sofá, espiando o teto que perdia as suas diversas camadas de tinta à minha imaginação, e que, com certa generosidade, cedia-me espaço para que eu pudesse ter notícias das pombas que arrulhavam naquele ponto do telhado, lá fora, no alto, para além do forro. Foi no preciso instante em que eu supunha ser a vez daquela toda branca ficar chocando o ninho, que o vaso, tombando, quebrava nos ovinhos e na água entornada o meu devaneio. De modo que me assustei, tomada de funestos augúrios.

Todo ornamentado por grandes arabescos que algum turco dissera chineses, mas que na certa seriam de origem árabe, o nosso vaso expunha estrelas tão bem dosadas e harmônicas, que era impossível pensar nelas como tais. A simetria, definitivamente, não favorece a credulidade. E já devia ser, então, bem idoso, o que talvez explique, da parte dele, a decisão de finar-se súbito, daquela maneira tão abrupta. O nosso vaso, parece — implodira.

Eu fora criança e aquele dragão da frente, soltando fogo pelas ventas, me amedrontrara saltando para dentro dos meus sonhos, unhando o meu corpo febril. Mas, agora, ao assistir estalarem, assim, tão sem razão aparente, as estrelas, os chineses, as flores, os turcos, os dragões e os árabes, acreditei pela primeira vez na morte. Alguma coisa de estável que eu conhecera na minha infância tão comprida, tão alongada, que pareço ainda hoje não tê-la deixado — espatifava-se em cacos nele, mostrando-me as nervuras e os segredos da sua privacidade: como se eu fosse a sua própria parteira! E eu que vasculho tantos enigmas, queria — por misericórdia! — poder me safar deste.

Aquela camada antiqüíssima de poeira e de folhas e caules pouco a pouco desintegrados que, com os anos e com o trabalho insidioso da água imobilizada, fora arqueologicamente se ajuntando no fundo intocável do vaso — só se mostrava agora. E isso traz-me um rol de emoções, como se eu lidasse com os meus mais íntimos estratos de memória.

Lembro-me de como a faxineira se martirizava para tocá-la e extraí-la, inutilmente. A sua mão adulta e veemente era mais ampla que a boca por onde toda a semana ele engolia água nova, tragando-a como uma alga, uma esponja, como um desses invertebrados sedentos do fundo do mar. E toda a sorte de artimanhas postas em prática para escalavrar e desentocar aqueles resíduos do tempo nunca obteve o resultado que o vaso, se desventrando, acabava de ostentar. Mas já agora, para quê? Nenhuma assepsia, interna ou externa, lhe seria mais necessária.

Ali dentro escondia eu a chave do meu armário secreto, que afundava para tornar a minha mão adolescente escafandrista — exploradora das relíquias no oceano dos mistérios mutáveis. Com igual pulso, eu já havia experimentado, antes, nele, a destreza do polvo, e recolhera um a um os naufrágios dispersos ao longo da minha infância. Através dele segui a metamorfose que o tempo operava em mim, conheci meu crescimento na exata proporção do interdito que ele ia me oferecendo ao tato, à minha pobre mão de menina. No entanto, algo se despregou dele, agora, e vai sumir, sujo no lixo das coisas. Vai tanto de meu aí com ele, que temo perder também as pernas.

É preciso que alguém lhe venha recolher os cacos. Não me atrevo a reconhecer nesses fragmentos os pedaços do que fui, a poeira dos meus caminhos, os charcos da vida, as galochas para não afundar os pés na chuva. Suponho que até algum peixinho inadvertido, nessa espécie de Galápagos doméstico (remanescente, por ínvios cruzamentos, do fogoso dragão externo, concebido certamente sob a égide das perfeitas estrelas) — também tenha se afogado então e encurtado a sua vida de fóssil futuro.

Inútil remendar os seus cacos: só me doeria mais conhecer-lhe o mapa permanente da mutilação. Em todo o caso, fica do vaso a mancha no tapete, que esse sol, que a tudo redime, tão limpo e nítido, tratará de secar.

Depois disso, graças a uma dolorosa inspiração que, talvez, dele tenha herdado, continuarei a procurar flores. Mas daquelas que não sequem e nem precisem ser regadas — molhado aprendizado a retirar da doída fratura desta íntima urna.

ARMADURAS

ERAM DUAS BARATAS. LADO A LADO, ambas se esforçavam por ocuparem a mesma cama de viúva. A do lado de lá sentia-se incomodada pelo frio da parede, que a contaminava, penetrando pelas bordas da asa direita, e que se infiltrava, sorrateiro, pelas pequenas ramificações que sua celulose desbotada mal podia esconder agora. Essa respiração gelada da parede (pois que era branca) começava a maltratá-la por aí. Depois, percorridas as nervuras da asa, o frio se adensava, no encontro do caule, no seu coração. Além do mais, se ela se movesse um pouco que fosse, corria o risco de amassar o companheiro ou de romper sua própria asa esquerda.

Uma barata fêmea, uma barata macho. Em estreita cama. Ele tinha um livro na mão e, enquanto virava as folhas, despreocupado, sem perceber que se embaralhava nela, movimentava um pouco, com seu peso, a cama e o colchão. Se os óculos dele, desengonçados sobre o adunco nariz (descuidadamente pisara nos aros enquanto se desvestia para o banho), deslizavam de vez em quando na direção do bigode, ele resmungava o de sempre. Mas enquanto acertava as hastes e repunha os óculos, aí era a vez do livro, que caía no chão e, com ele, quase toda a boa vontade dela. Não que ela quisesse dormir (era mesmo impossível): ela só almejava uma certa imobilidade enquanto refletia.

"Uma questão de espaço: ele lá, eu cá. Entre uma asa e outra, um limite. Mas ele parece não saber disso, esparramando-se desse jeito por cima de mim, acaba por me encerrar como um feto na sua celulose dourada que me sufoca. Se fosse possível me ver do alto, estou certa de que seria reconhecida como um objeto de vitrine. Esta asa enorme me encobrindo (protegendo-me?) as pernas, o ventre, o rosto — só as barbatanas escapam. Bela mania de ler de bruços! Se ao menos ficasse com o peito para cima, como estou, eu não teria de fazer tanto esforço para respirar. Se eu fosse flexível como quando era mais moça, podia, de certo, mover os olhos até as letras do seu livro e aproveitar a leitura. Mas não vale a pena, ele lê sociologia, e não acompanho. Sei que anda absorvido pela tese sobre o valor de uso e de troca, e já tem a data marcada para a defesa, sem ao menos ter escrito uma só palavra... Ah, desde que voltei, a nossa vida tem sido um martírio. Explicações, silêncios malignos, implícitas palavras, letras engolidas, justificativas de novo inúteis, vaguidades, pontadas na espinha."

"O quarto é pequeno, um metro e meio por dois. A distância entre uma e outra coisa é tão ínfima que é difícil diferenciar largura e comprimento. De certa forma, também no nosso caso, nessa sufocação corpo a corpo, nessa contigüidade forçada — mas tão boa. Sei bem que a inquietação dela resulta da sua troca de esqueleto. Traz tudo à flor da pele, inclusive os nervos e a transparência da bílis. Está mais tenra, mais mole e permeável, ainda muito albina; se a acarinho sem raciocinar, posso até estourá-la. Mesmo quando discuto com ela, tomo o cuidado de permitir-lhe a vitória, porque, afinal, a contrariedade pode transparecer numa imprevista erupção que lhe seria de todo desastrosa. Mesmo quando faço amor, infiltro-me docemente: um descuido meu pode vazá-la.

Sei também da sua irritação. Pisaram-lhe em cima (por alguma razão, eu também contribuí com a minha intolerância), e o esqueleto ficou acelerado no seu processo. Um desastre. Contra natura. Até que este se solidifique terei de ter muita paciência. De certa forma, eu já esperava, descuidada como é. De certa forma, já esperávamos. Ambos sabíamos que um vôo para além das nossas fronteiras traz sempre cansaço às asas. Nunca falamos disso, mas temos sobre o caso um entendimento de insetos, muito tácito. Ah, a sua eterna mania de independência, de autonomia, de sofreguidão em viver. Gosta de me acusar de limitação: eu a restrinjo, eu sei, mas o que ela esquece é que estamos os dois constrangidos pela mesma carcaça. Não escolhemos ser baratas, e nem somos as únicas existentes sobre a face da terra."

"O que pode saber ele sobre uso e troca? Só sabe mesmo o que lê nos livros, aquilo que pode provar depois para mim, dizendo que é *a* ou *bê* e que leva a *cê*, quando bem sei que cada coisa ou tudo leva apenas ao absconso absoluto. O seu rigor me aterroriza, sobretudo porque vem apenas de uma teoria que não teve oportunidade de ser exercitada. Que posição incômoda! Agora virou-se para o lado, mas tem o seu peso todo sobre a minha asa esquerda. Acabará por mutilá-la, e não nota que é uma asa ainda por nascer. Nem está aí com a minha metamorfose, não se importa com o meu estado de ninfa... Terei de lhe dizer alto e em bom som? Mas o tom para tal, como o obterei? Muda com a minha carapaça toda minha alma, de forma que tenho medo da lógica que possa empregar na resposta. Cadê energia suficiente para lhe dizer isso? Prefiro não tentar: sou mesmo uma covarde, pelo menos por enquanto. E, no entanto, quando voltei, revelei-lhe tudo, disse-lhe bem as coisas, com uma sabedoria que guardara ainda da antiga aprendizagem com ele. Talvez por isso tivesse sido exata e fria. Acabei por virá-lo no avesso, de maneira que pude surgir diante dele como ele defronte de si mesmo. Foi exatamente por isso que o derreei — usei suas próprias armas. Ele se viu em mim, seu espelho, e foi obrigado a se render. De lambuja, mostrei-lhe ainda a sua imagem cabal e o seu valor relativo. Afinal, todos nós fazemos uso de um ser que dificilmente confere com aquele visto pelo outro. Coisa difícil de se discutir (parece psicologia barata), sobretudo quando os espelhos são falsos e a gente muda o tempo todo, trocando-se sempre. Mas, na altura, o quarto era amplo (parece que a medida dos quartos se modifica à minha mesura) e pude convencê-lo. Eu mantinha as asas bem estendidas, de forma a delimitar onde ficava ele e onde era eu, e o fixava como se através da distância de janelas, levantando só um pouco as cortinas, como se apreciasse o movimento de fora. Carros passavam no movimento, dois andares abaixo, e eu me defendia porque mantinha a atenção para além dos vidros que me traziam o seu rosto, o seu corpo (afinal, agora belíssimo, extremamente atraente), impedindo que ele me aprisionasse de novo. É mais ou menos o que estou tentando fazer agora, indo assim para além desta celulose que me fecha. Só que a celulose de agora é a dele."

"Uma ninfa precisa de proteção. Mesmo a fumaça do meu cigarro pode incomodá-la. Mesmo os inofensivos pernilongos, que vêm de fora, podem ferir sua tão fina crosta. Pobre menina desamparada! Cubro-a um pouco com o meu corpo — ela tem frio. Mesmo nas noites mais quentes, ela acorda-me à procura de cobertor; é um velho hábito enraigado, é da sua natureza, da sua entomologia. Precisa de amor, de amor de qualquer espécie. Por isso talvez... Por isso talvez! Essa necessidade não explicaria, quem sabe, aquela troca que fez de mim tão subitamente? Basta pensar nisso que a caneta me cai da mão e acabo por rabiscar meu livro, coisa que odeio fazer. Sei que me enervo a cada vez que penso nisso; mas é bom que esta página fique marcada para quando não mais me abater, de maneira a poder lembrar-me, num outro tempo, de que me alforriei desse pesadelo de agora. Aliás, tudo se esquece, e manterei aqui apenas o marcador da minha passada agonia. Mas sobretudo não dramatizemos. Ela está aqui, a meu lado, sinto o seu corpo protegido pelo meu, e isso é tão doce... Quatro paredes tão juntas, tão aconchegantes! Este o nosso ninho."

"Sei que é da minha natureza a mutação, mas devo debruçar-me a isso? A questão é que sempre me adapto à nova mudança e, por isso mesmo, me vejo sempre obrigada a transformar-me de novo. Esta maldita sensibilidade me incomoda porque posso sentir pulsar no meu seio o sangue dele, e isso me deixa ainda mais indefesa. Observando bem, há mesmo um ramo, uma veia da sua asa colada a mim, que parece chupar meu sangue, diretamente do lugar onde imagino meu coração. Ou ele é quem me dá seiva? Estou assim tão contaminada pelas suas percepções? Faço um movimento para evitar o fluxo e o refluxo, mas — oh acaso! — ambos desembocam sobre a minha fragilidade. Pareço bem uma espectadora de mim mesma, apenas anotando tudo que percebo pelo meu radar: favor não esquecer que as minhas barbatanas estão livres!"

"Trouxe o *Requiem* de Verdi; você não o conhece, e é lindo! Olhe que não estou fazendo alegoria (ela me disse) — e o quarto era amplo como um deserto. Muito embora eu estivesse convencido de que devia ouvir o recém-chegado Verdi, eu preferia mil vezes, neste momento, a *Missa da Coroação* de Mozart. Já tínhamos apreciado (quantas vezes?) embaralhados num só corpo todos os nossos clássicos. Mesmo o *Requiem* de agora, como escutá-lo sem ela? Talvez por isso (ela continuou), talvez pela lembrança dos desvarios das asas alando para dentro de nós próprios, eu preferi pedir que você me ouvisse contar tudo: olhe, o fato é que rompi algumas patas e trouxe todas as marcas para que você me julgue — ela arrematou.

Proferindo em alta voz tais graves evidências — coisas de troca de esqueleto, de uso de imagens, de mudas — ela conservava, todavia, a dimensão perfeita daquilo que já supunha ter perdido. Verdade é que nascia rapidamente, enquanto a ouvia, uma ruma de crostas quebradas, mais uns pedaços de asas e estilhaços por dentro da minha aflição. E eu estava atônito: a metamorfose começara, então, longe de mim, sem que eu pudesse acompanhar cada passo dela, sem poder conhecer o seu desfolhamento e a sua vertigem. Pedi o socorro da minha carapaça já dura, experimentada dos sóis e das intempéries dos inseticidas da vida, e acho que só por isso não me desbaratei. É verdade que ao deixarmos o quarto pela última vez quase me prendi na dobradura da porta, mas ela, mais atenta ao meu mudo desespero, evitou, com a única mão livre, a minha dor."

"Ainda bem que as barbatanas ficam distantes do meu corpo. São, de todas as peças que o compõem, a que me excede, a que me permite observá-lo e ao quarto e ao universo. O seu dorso, a sua artéria principal (e a vejo nitidamente contra a luz) descansam agora sobre a minha pobre cabeça. O ziguezague do desenho desse seu escudo brinca de teia com o meu corpo arfando. Vejo daqui que você me gradeia, que me empresta o seu arcabouço (já aprendeu o valor de uso, o valor de troca?), mas você nem repara nisso, nem percebe o quanto me incomoda e, entretanto (tenho de admitir), a mesma asa que me prende me dá muito carinho! Ternura dura como armadura, celulose rija como grade — na verdade, ele está me oferecendo, assim, a carcaça antecipada da minha metamorfose; mas essa não é minha — essa não quero!"

Armaduras

"É madrugada, a luz, quem sabe, a impede de dormir. Vou parar com isso. Os óculos me caem (tomara!) pela derradeira vez; preciso passar pela ótica para mandar acertar a armação; deixo a caneta dentro da página para a leitura de amanhã e deponho tudo no chão. Viro-me para a minha ninfa, para a minha jovem noiva, desligo com o braço livre o interruptor, e aconchego, com a minha carapaça, o seu corpo tenro e terno, bem junto ao meu, e a envolvo toda, como uma larva, entre as minhas asas. Não sei bem por que, mas, de repente, me vem à mente o *Drácula: Nosferatu* do Herzog. Será uma barata um vampiro?"

Numa estreita cama de um dos exíguos quartos do mundo, num lugar qualquer deste século, duas solidões se friccionam numa tentativa patética de amor. Há, no ar, um ruído estranho e surdo de mastigação. Estariam elas se devorando?

PESCARIA

Para Celso Vieira

SEXTA-FEIRA CHUVOSA, ESCURECIDA E TRISTE. Ao final da tarde, pois que sempre largava as aulas um pouco mais cedo nos finais de semana, papai foi buscar Seu Júlio, compadre e companheiro cativo de pescaria, para seguirem para o Tanque do Rio Pardo. Era sempre assim. Ele saía voando da sua última aula a tempo de chegar em casa apenas para trocar de roupa e se pôr a caráter: camisa de manga comprida, polainas, chapéu, calça de brim grosso e lenço no pescoço — "até pareço outro moço", cantarolava ele, repetindo Noel Rosa —, se rindo do toque de elegância a que os insetos o obrigavam. Preparava ao mesmo tempo o angu de farinha de milho e pão molhado, mexido numa velha panela e a fogo brando, sua receita particular e secreta — prato predileto, dizia, de tudo quanto é vencidade de peixe.

A velha caminhonete se mantinha equipada para quaisquer eventualidades durante toda a semana, só no aguardo do dia bendito. Na carroceria, das mais grossas às mais finas varas de pesca (e pobre de quem nelas bulisse!), permaneciam escoradas e amarradas com todo o cuidado ao alto, numa das extremidades da cabine, cada qual já acondicionada com a respectiva linha de nylon atada por uma tira elástica aproveitada de velha câmara de ar. Era ali onde se prendia o anzol e onde se neutralizava sua feroz pontada. Havia deles para quaisquer embocaduras — não fosse meu pai topar com um dourado ou pintado sem ter à mão o devido instrumental! Além disso, levava ele um samburá, e mais um outro, de reserva, para o caso de ser rendosa demais a pescaria.

Os restantes apetrechos consistiam no lanche feito pela mamãe, na garrafa térmica com café recém-passado, numa jarra aferrolhada, água fresca até a borda, e numa célebre malinha de metal, espécie de pronto-socorro para todas as necessidades — aliás, o meu preferido e interdito objeto de curiosidade. Não houve sequer uma vez em que eu, ao abri-la no escondido, tenha evitado de fazer saltarem fora, denunciando a minha invasão, todos os seus irrequietos materiaizinhos — para desagrado do meu pai, que só com coisas de pescaria era capaz de perder o excelente humor. Basta dizer que a única vez na vida em que apanhei dele foi quando quebrei — é bem verdade que sem querer (mas isso contou pouco diante do resultado da catástrofe!) — todas as pontas das suas mais estimadas varas de pesca...

Dividida a maleta em duas metades grossas, estas continham suficiente espaço para pequenos compartimentos independentes e retangulares, fechados por tampinhas móveis, de ajuste, que incluíam desde chumaços de estopa, anzóis de calibres diferentes, chumbada, frasquinho de óleo para untar, carretéis de linhas de nylon, grossas e finas, vidrinho de mercúrio-cromo, vidrinho com álcool, até sofisticadas iscas artificiais que, aliás, papai se recusava a usar — muito embora as trouxesse sempre ali por respeito aos seus amigos de São Paulo, que jamais desistiam de convencê-lo das facilidades dos novos tempos. Meu pai nunca vira graça alguma em se valer da modernagem, e fazia pouco daqueles pescadores que se serviam de artimanhas que não fossem as "naturais", como afiançava constantemente — palavra que, aliada a seus desdobramentos como "natureza" e "naturalidade", trazia sempre fácil na boca para designar o que era bom, o que era belo, o que era admirável e o que era digno de louvor...

Me lembro, de uma feita, de vê-lo experimentar uma vara toda requintada, com um dispositivo que fazia subir, num átimo, enrolando-a no carretel, a linha fisgada, e que, todavia, o desagradara muito. Para espanto dos amigos urbanos, ele justificara, com pachorra, que ia para as pescarias para treinar a paciência... Como poderia ganhar tal virtude, usando subterfúgios que o tornariam assim, preguiçoso e inútil?

No embornal a tira-colo, destinado às inesperadas premências e que comportava de tudo um pouco, espécie de aumentativo, em tecido de campanha grosso e moldável, da malinha de metal — papai também guardava o alicate, a torquês, o canivete, a massa da isca, e a quirera, muita quirera para jogar na água, como ele dizia, para avisar aos peixes que chegara...

Pois, naquela tarde, com a promessa de tempo tão feio devido às nuvens agourentas e ensombradas, eu não podia compreender por que razão ele e Seu Júlio se punham a pescar. Na verdade, eu ignorava que essa luz negra é deveras especiosa e vantajosa para quem decide enfrentá-la — e olhe que isso também vigora para um bocado de outras coisas que não cabe a mim esclarecer... Pois meu pai me explicaria, naquela sua fala recheada de belezuras que desenhava no ar, com muitos coloridos e formas, as bonitezas todas que narrava — que, em tais dias, os lambaris saltitam em busca de luz, e que os bagres prateiam o ar dando rabanadas, pedindo claridade ao sol que não chega. Que, em dias assim, até os cascudos, esses morcegos da escuridão molhada, se agitam em sobressaltos nos labirintos do rio, estranhando o breu profundo, enlouquecidos pela densa treva. Que, em dias como esse, para escapulir da chuva e pedir às nuvens macambúzias que se aclarem, também as moscas, os mosquitos, as muriçocas, os pernilongos, as libélulas e as borboletas voam tão baixo sobre as águas que sequer atinam com a armadilha em que vão se pilhar.

É que a peixarada, me ensinava ele, em busca da luz que não vem, mergulhando para o alto para chamá-la e no encegueiramento dos sinais dela, acaba caçando no ar esses incautos voadores, esses pobrezinhos apaixonados da água que, desse modo, se transformam no seu substancioso alimento. E meu pai interrompia um tanto neste ponto o seu explicatório, como a me dar tempo, como a tentar provocar em mim algo, alguma coisa mais densa, em que eu, por minha vez, deveria também mergulhar. Ainda não percebera que esses casos todos que me narrava eram a sua maneira própria de me preparar para o mundo. Na verdade, meu pai, falando de uma coisa, versava, em suma, sobre matérias mui distintas, se espalhando por tudo quanto era assunto, por todas as brenhas da vida.

— Acontece que, assim, minha filha, os peixes, caçando os insetos, ensinam a gente a pegá-los na mesma armadilha: a gente tira proveito com o exemplo deles. Observe que coisa mais patética e triste, menina! Nós matamos a nossa fome com a fome deles... Os bocozinhos, confundindo a isca que a gente lhes prepara com aqueles insetozinhos ingênuos, caem, por sua vez, no nosso próprio engodo, e acabam lancetados pela nossa astúcia, pelos nossos insidiosos anzóis... Entretanto — e aqui ele parava para usufruir melhor nos meus olhos o tipo de efeito que acarretaria na minha alma essa última porção da sua fala — nós também acabamos vítimas da mesma armadilha! Repare, filha, que, enquanto os pescamos, sequer nos damos conta de que estamos sendo fisgados por outra isca que está sendo preparada para nós na nossa ignorância, uma isca bem maior e muito mais poderosa! — E aqui ele apontava o indicador para o céu: — A isca d'Aquele que espia, lá do alto, cada um de nós... A d'Aquele que habita as alturas...

Acho que foi assim que aprendi, sem o saber, talvez cedo demais, o íntimo parentesco entre pesca e transcendência, entre fisgar peixes e almas, árduo trabalho de São Pedro, entre vida e morte; entre ser objeto da mesma ação em que se é sujeito, incluindo nisso as próprias pragas que eu jogava com muita raiva em alguém que me fizera mal, e que recaíam direto sobre mim mesma...

Na casa da minha infância, menina sentada no seu colo na imensa poltrona rosa-salmão do seu ateliê, eu o ouço narrar lá, de onde ele nunca saiu e nem sairá, na mesma pachorra de sempre que, nessa sexta-feira, com Seu Júlio, os dois, assim distraídos e agradecidos ao tempo feio e generoso, pescavam que se esbaldavam na barranca do Rio Pardo...

— Compadre escolhera a margem alta e tirava da água piabas prateadas, traíras serpenteadas, bagres, jundiás, enchendo seu samburá. E eu, minha filha, não deixava por menos: apadrinhado debaixo do galho duma árvore que impedia a chuva miúda de me molhar o rosto, ia fazendo igual. E era de tudo um pouco: lambari, corró, jundiá, pacu, tilápia — até piranha! E a tarde seguia, assim, na santa paz, quando, de repente (e ele dramatiza no ar o seu gesto!), levanto naquela vara, minha filha, uma zoada deveras valente!

É um mandiguaçu graudão, daquele chorão, que grita armando um forfé danado, aprontando os ferrões pra que se afundem, muito espinhentos, nos dedos dos desavisados. E enquanto busco, no meu emborral, o alicate para neutralizar as defesas do bichão, um frio me perpassa pela espinha e me sacode de augúrios. E eu me esfrio todo! Estou gelado!

É que, não sei bem por que, minha filha, esse gemido de peixe lutador me cai como uma mandinga que o danado me atirasse — como uma praga sincopada de revolta e de dor que ele vai gingando, vindo pro meu lado e se balangando pro outro, pra se desfazer do anzol que, por causa do bruto esforço, penetra ainda mais na sua goela e lhe aumenta o sofrimento. E, assim, se bamboleando de um para outro lado, prestes a se asfixiar, ele parece mais o pêndulo irregular de uma hora, que pressinto, futura ser muito difícil! Pois não é que o diacho luta e me injuria, salta dentro do desespero e chia e canta chorando agoniado, desinconformado com seu cruel tormento?!

Entretido com o som agourento desse peixe que verga, com raiva, a vara de pesca, escapando do seu alicate e da sua zanga, meu pai quase não escuta Seu Júlio que, da mesma margem, mas lá de cima, numa voz já muito alterada e tremida, lhe grita todo nervoso:

— Compadre! Ei, Compadre! Cuidado, êpa!!! Olhe a bichona que vem andando n'água na sua direção!

E eis que, num giro de corpo lutando ainda com o peixe que chora, meu pai bota os olhos e o sentido aonde lhe informa a voz do seu Compadre.

— E, pois, me diz ele, não é que ajusto a vista e começo a discernir de longe (e olhe que tudo isso num só segundo!), já saído da outra margem e numa velocidade de quem parece que tem alvo certo em mim, um baita dum vulto grosso e serpenteado, meio preto, meio marron, meio amarelado?!

Num destrambelho só, meus olhos embolam as cores dessa figura que mal toca a borda d'água, tamanha a pressa com que, vindo da outra margem, segue direto pra mim — di-re-to para mim!!! E do jeito que vem, compreendo, de chofre, que há muito esteve me espiando do outro lado. E parece que chegara, por fim, à decisão de me enfrentar!

E vem apressurada! Disposta como quem tem agora urgência em tomar satisfação! E vem raivosa, com velho ódio engatilhado! Teria eu feito algum mal a seus antepassados?

Recebo em cheio essa ameaça distante aqui no peito, me tremo todo, e mal tenho tempo de pensar no que fazer! Jogo a vara prum lado e busco em redor um pedaço de pau, uma qualquer coisa forte e possante, que bata, que mate, que esfacele esse animal — que lhe quebre a espinha dorsal e a sanha, que lhe esmague a cabeça, que lhe puna a afronta! E me armo todo, aguardando o enfrentamento que não tarda...

Parece que, assim, de braços alevantados e empunhando um porrete improvisado, eu me preparo para um jogo mortal, minha filha, para um duelo, para uma contenda de vida ou morte, para uma justa em que a vida premiará, infelizmente, apenas um...

E eis que enquanto estou pensando nisso, o monstro já me aparece pela frente, pronto, ali, a meus pés, enorme, arfando, me encarando descarado. Parece, ao mesmo tempo, cansado e excitado com a minha presença... Se agita demais, se bole pra cá e pra lá, como a se arrumar, como a cavar naquele barro um lugar onde se aninhar, apenas para ter uma base pra me atacar. Porque mal sai da água e já se enrodilha todo, muito vivo, feito vultosa corda de ancorar navio. Mas há uma ponta inquieta que se bota de fora, uma bitela de uma ponta irrequieta e chapada, que se lança para mim, querendo me laçar!

Saltando pra trás pra escapulir dos seus botes, procuro fôlego enquanto noto, pela primeira vez e deveras perturbado, os desenhos desse espantoso corpo. E é estarrecedor, minha filha! Estarrecedor!...

Todo adornado com os sinais desencontrados da sorte e do mau agouro, esse bicho ameaçador traz umas manchas de ferradura clara por cima do preto retinto. E vejo que estas, misturadas ao amarelo pardo, desenham no corpo dela umas grandes, umas imensas rodeiras que, de repente, reparo que são olhos — muitos olhos! — como se o corpo todo da bichona me fitasse, muito móvel, munido de mil vigias que se infiltram na minha vista e que saltam dentro da minha alma!

E não é que essa cabeça, minha filha, que se espicha e que se retrai como uma mola articulada — pára de súbito feito estátua?! Parece me sondar, parece me avaliar, para me estudar, para conhecer melhor meu ponto fraco... Uns olhos desbotados e mortos saltam dela, camuflados, sem expressão, mas muito interessados em observar cada traço meu...

O que é que ela quer com isso?! Da boca aberta, uma linguinha ferina de duas pontas escapole zanzando rápido de lá pra cá, destoando do torpor que até então se apossara do animal, e se bole, incessante, numa rapidez de segundos devorando o tempo. Parece que esse pêndulo assim tão ritmado, agora me causa quebranto, agora me enfeitiça, agora me hipnotiza...

Já de muito antes, desde o momento em que a monstra se postara diante do meu pai, saída da água do rio, ele não se agüenta mais sentado. Levantara-se, rápido, me depositando no braço da poltrona para ter mais espaço onde se mexer, na demonstração alargada do trecho mais melindroso dessa história — que pede braços abertos, saltos de um para outro lado, gestos que abarcam volutas e setas de lances ferindo e deslocando muito ar, minúcias que exigem dele que se agache e se levante, e que, por fim, retorne ao ponto nervoso daquele enfrentamento, à sofreguidão, ao sobressalto, para que eu possa compreender, com perfeição, a natureza misteriosa e profunda desse espantoso encontro.

Portanto, agora nesta altura da narração, meu pai se encontra todo esbaforido, imitando os trejeitos rápidos da danada, virado na própria, sapateando diante de mim, coração na boca, fôlego perdido de excitação.

Tremendo de medo e do esforço em recuar, meu pai repara, então, desprotegido e esquecido da defesa, em algo de muito, muito estranho! Naquela testa antes entorpecida, aquele tom de dourado vai se mesclando com o negro, e de tal modo, que ambos começam a dançar, autônomos, na composição de um sinal que lhe aparece, de chofre, como se fosse aquele de Caim, mas puxado mais prum jeito como de um enigma que ele precisasse desvendar, que lhe pede revelação! Que ele precisa — à maneira da Sibila! — decifrar para não finar! Essa a ameaça!

Coitado do meu pai! Está ali, de pé, diante de mim, de novo sob o efeito do encantamento a que o bicho o submete, sob a tonteira dos tons que falseiam a verdadeira cor do animal e o seu certeiro fito. E assim ele permanece um bocado de tempo: à mercê da vontade do danado, rendido aos sortilégios da besta travestida em lindezas, assombrado, subjugado...

Acontece, então, que num repente, como se o anjo-da-guarda o despertasse do feitiço bandido, meu pai estaca justo num ângulo que lhe favorece a absconsa e terrível decifração:

— Ai, ai, minha filha, e não é que descubro, no meio daquela vertigem toda, que essas cores se cumpliciam, assim confusas, assim entremeadas e móveis, unicamente para um fim? Apenas para que eu me aperceba deste prodígio: a cobra tem uma medonha cruz gravada na testa!!!

E essa evidência agrava ainda mais a minha vida: um ginge me percorre muito forte a espinha! Ah meu Deus! Me acode, me socorre! Tenho diante de mim,

Pescaria

minha filha, na distância de um piscar de olhos, tão perto que já faz parte da minha sombra — o tremendo, o sinistro, o nefasto, o tinhoso, o irredutível... — o famigerado urutu-cruzeiro!!!

Quero fugir, mas tenho nervos e músculos inertes! Os braços armados no alto são uma rocha: não consigo me destravar! E parece que me mergulho para sempre nesta desditosa garantia: o animal que tenho de destruir me fascina! É belíssimo! É medonho! Traz o sinal dos eleitos, e me sujiga! Seduz e ameaça, me afronta e me enaltece!

É uma força da natureza! É uma belíssima força da natureza! Se assim é, como pode ser minha inimiga?! Então, por que devo aniquilá-la?! É uma mulher lindíssima que me arrebata e se apodera de mim! É Deus! É o Diabo!

O negro e dourado se entrançam no seu couro como a morte na vida! Me dou conta de que se poupá-la morro, e se ela morrer, vivo! Meu Deus, por que tudo é assim contraditório e injusto?! E, para piorar ainda mais o meu desespero, ouço, em puro estado de êxtase, o que essa língua inquieta me sussurra!

São palavras bíblicas! Palavras bíblicas, minha filha! É o livro sagrado que ela traz na boca! Ela solfeja o espírito do bem! É, pois, a voz de Deus que está com ela, está nela!..

Ah, pudesse eu me perder nela e naquilo que ela encerra! Pudesse eu me deitar sobre esses sons da sua sabedoria e salmodiar-lhe, para sempre, hinos de louvor...

Mas, num movimento inverso que me acode a tempo, me alembro que Nossa Senhora, a Virgem Maria, a Mãe de Deus — calca com o pé esquerdo a cabeça da serpente! Ela — a Rainha da bondade, a Mater Dei, a Dona do conhecimento, a Mater Dolorosa, a Virgem concebida sem pecado, a Deusa das virtudes!

E ao invocar esta Mãe caridosa, um milagre se opera por fim sobre o meu pai! Como se um condão de fada o despertasse, tocando-o de pura magia, essa descoberta desata nele o nó da maldita mandinga com que a cobra o ata a si mesma! E, incontinenti, seu braço desce com todo o vigor sobre a cruz que encobre o real espírito desse ser — e papai esmaga com fúria a dita cabeça!

— Num gemido de dor, minha filha, toda sua beleza se estorce, se contorce, se retorce, como se apertasse contra si a própria vida, pressionando, comprimindo, se exaurindo... Mas, filha, dói em mim essa dor! Parece que estou a mim mesmo me matando! E nem percebo que Júlio, já junto de mim, bem ali, assiste o final dessa contenda.

— Compadre! Oh Compadre! A marvada tá agoniando!

— O espanto dele, me acudindo e apontando para mim o fato consumado, me acorda do transe em que me encontro. Mas ainda assim sigo as curvas tenebrosas que o corpo espichado dessa cobra vai desenhando no chão molhado — como se a dor que dela se apodera fosse um fio que, retesado por dentro do corpo, a morte franzisse e a vida esticasse — ao modo do fole móvel de uma sanfona que tocasse um funeral... Um funeral para mim? Para ela?

Dentro de mim o coração faz igual e sei que alguma coisa minha, e na mesma agonia, minha filha, vai se finando com ela. Com a cabeça esmagada, a cobra mal pode ostentar sua realeza. E a tal ponto está desfigurada e fraca, que mesmo Compadre Júlio a confunde com uma reles cobra d'água. Só eu sei que sinal ela trazia na testa...

E a jornada, assim concluída, está em vias de se encerrar. Meu pai está exausto pelo esforço da rememoração, pelo refazimento da dor, pelo impacto da comoção profunda que é, para ele, essa topada desconhecida com o destino. Está exausto pela luta física de novo empreendida contra a maligna...

Bota os olhos fitando longe um lugar que não localizo, mas que é distante, muito longe, pra lá da parede do seu ateliê, pra lá da casa da minha infância, da nossa cidade, pra lá do mundo — e procura tomar hausto. De novo respira fundo, mais uma e outra vez, até que a suspiração comece a refazer seu ritmo habitual, o que, neste momento, é tarefa quase baldada.

Mas minha mãe bota o rosto na porta, de súbito, e determina, sem pestanejar, que está na hora de eu ir pra cama. Peço-lhe, por caridade, mais um minuto, e, para meu espanto, ela concede, talvez diante dos ares graves que ela surpreende em meu pai que, já agora, cortado no clima mais pesaroso da sua narrativa, vai de certeza espremer os restantes lances que eu queria tão detalhados...

Quem espera que, depois de tanta ação, de tanta reviravolta, de tanto tanto teatro, de tantos choques de morte e de vida, eu possa, de fato, dormir?... Mas ele está disposto a me apaziguar, e a me mandar, serena, para os braços do Menino Jesus, meu querido amigo, que me nina e me protege, com quem brinco muito quando estou sozinha. De modo que encerra suas aventuras beligerantes, com esta singeleza:

— Na volta, filha, subindo a serra, peço ao Compadre Júlio que pare a caminhonete no Cruzeiro da Capela. Em segredo, sem que ele me veja, e de joelhos no barro ainda fresco da noite, diante da infinitude da Lua e do silêncio perpétuo das estrelas, agradeço àquele outro Pescador a misericórdia de não me ter fisgado também... Pelo menos, não naquela tarde!

A NOITE

Para Maria Helena Bacchi

JÁ É MAIS DE ONZE E MEIA E O OUTRO DIA SE prepara para despontar fora do meu quarto. A vida está apagada na luz da casa, nesta casa tão grande e fria. Os tijolos, que jazem nestas paredes, os ladrilhos, que fazem deste chão o que são, se conservam acimentando por definitivo esta noite escura. Porque luto contra todas as leis do sonho e da morte, o sono ainda não alcançou o limite do meu cansaço, e me considero livre: diferencio-me do tempo, desta hora, destes tijolos e ladrilhos presos ao fim. A aprendizagem é difícil, mas permaneço de pé contra o silêncio destas trevas.

Há um menino amando uma menina debaixo da luz tênue do meu abajur. Ambos nus. É uma peça antiga, dum tempo que não houve, onde tudo já foi puro. Os corpinhos juntos, as réstias banhando as partes mais desprovidas. Como são castos nessa porcelana clara! Os meus dedos passam pela fronteira entre os dois: impossível separá-los. Estão ligados por alguma coisa mais que o bloco de massa, mudos, olhos fixos, imobilizados para sempre nesta postura do querer-se eterno. A mesma de Adão e Eva, tão imitada, tão primária. Olho para os lados e não encontro nenhuma serpente. O amor dos meninos é, com certeza, anterior ao do paraíso.

E, no entanto, esta solidão tão pregada à minha pele. E este meu corpo pedindo abrigo, já todo desabotoado. E este lado de cá dos meus braços a crescer painas para um aconchego que não vem nesta noite que desemboca para lá da vida. De que serve este apelo no ar diante do meu quarto vazio? Esta fixidez exata das paredes, lisas e corretas, me apavora. Tenho vontade de rasgar com unhas a arrogância com que me encaram. Quero mesmo envergonhá-las com algum ato íntimo e depravado de que desejo ser capaz.

Não ouso. A noite é pouca para tal atrevimento. Os meninos são castos, imaculados, e o tímido foco já é devastador por cima deles. E há, neste quarto, a certeza do relógio perfeito trabalhando o pêndulo, num movimento que parece, todavia, ambíguo.

Lá fora anda alguém pela calçada. Os passos ressoam no eco como prenúncio de antiquíssima tempestade e ascendem à região mais sombria do meu ser. Os sapatos são a peça que mais se destaca. Ganham o primeiro plano na minha vida e, inconseqüentes, desaparecem logo depois. Lá se foi o ruído, com a pessoa dentro. Meu companheiro de solidão?

O quadro diante de mim, que mais adivinho que vejo nesta hora penumbrada, tem cores escuras. Há, às vezes, um vermelho que surge de dentro de um azul amarinhado quase preto. Riscos, tinta amontoada, dispersa e, em alguns pontos da superfície, ela chega a ser mesmo espessa. Deixa um relevo na tela. Foi pintado para mim, para que eu me coubesse ali. Não cheguei a tanto: coloquei-o na parede.

Este quadro e a sua máscara pendurada em frente ao espelho. A cada vez que me olho neste espelho revejo você atrás de mim, e sempre do seu lado mais torturado. E vêm consigo aquelas tardes, aquela época, aquele ângulo aberto da vida e todos os estremecimentos. O medo terrível, a dor invocada. Sopra já, aqui dentro, o vento aprazado. Sempre me conturba lembrar você, mesmo para esta noite de medidas exatas. Mas me povôo se recordo, a respiração se altera, consigo até chorar.

E nem fomos além da pele e das mãos. A mesma aflição nos confundia. Não pude te dar o que não tinha, o que procurava em você. E, todavia, emerge-me esta evidência: você me amava forte, de um jeito que vinha da carne e ia até a ponta de cada gesto. De que adiantou toda a sua força e coragem? Não pudemos passar além de nós mesmos e dos nossos instintos desencontrados. Abrimos o corpo ao vento e à hora, que sabem levar, insistir, distanciar. E agora, em que pardo entendimento se encontra você? Terá esquecido aquela magia ingênua com que eu costumava te carregar até as porções mais secretas? Fica para o álbum da noite esta pergunta deslocada.

O guarda-roupa está repleto de verdades antigas. A moda é a mais efêmera, depois, a vida — se eu acionar a hierarquia do mundo. À lembrança dos vestidos, sinto as mãos que me afagaram. Um perfume antigo como o cheiro dos vegetais. Minhas roupas, depois do sonho, não se transformaram em objetos e nem em seres de contos de fadas. Estão aí, corretas e lisas, dentro de sua própria inteireza, armadas pelo manequim do passado. Vejo-as desfilar na memória já descolada da minha retina. Limpas e asseadas, mas com manchas indeléveis dos momentos. Conto a minha idade pelo peso da memória. Sou, pois, muito antiga.

Se eu abrir a porta do meu quarto, encontro um corredor escuro e frio. Não tanto pela hora da noite, mas pelo que não tem. É comprido e dá entrada aos restantes quartos. Antigamente havia esperança de preenchê-los. Nesse corredor infinito de ladrilhos e de marmóreas paredes, só um quarto, além do meu, está ocupado. Lá de dentro sinto a força que há em amar. Sei que ela me ama. No entanto, estamos cada uma dentro do nosso desempenho, cada qual de um lado do vidro, ambas brilhantes nos nossos invólucros. Ó minha mãe, minha mãe! Se você mostrasse entender de mim além do que me faço ver... Sei que pressente o meu mundo mas teme caminhar comigo. Sou algo de que deve fugir, sou alguém para quem dissimular. Tornei-me perigosa para a sua bondade. Tenho palavras grandes na boca e uns olhos que engolem em círculo. E você despista meu atrevimento e sabe que nada pode o seu contra o meu universo. Sabe demasiado e vai sofrer por isso depois.

Mas prefiro pensar que você dorme nesta noite e que ignora que sei. Amanhã me encontrará como me queria, livre, serena: calma dentro da manhã e dos lençóis. Brancos.

Esta manhã inexplorada e terrível que custa a vir. Uns carros retardatários andam cortando meus pensamentos. Na outra ponta do corredor há a sala por onde se entra sempre que se vem. Móveis antigos, do casamento dos meus pais. Tão resistentes, os mesmos de quando nasci.

Antes da sala há um jardim. Grande e bonito, dá a volta à casa toda, girando o seu carrossel e tentando com suas flores e alegria avivar seus habitantes. Anda nisso há tempos, desde que o primeiro jardineiro trouxe as mudas. Sempre que compreendo o apelo das plantas, trago algumas flores para os vasos de dentro. Mas tem sido sempre inútil.

Um gato mia debaixo da minha janela. Notou a luz e pensa que posso lhe dar algo. É aquele da última ninhada da vizinha. Insiste, sobe no parapeito, e pressinto sua sombra deformada passeando no beiral da janela fechada, roçando a veneziana. O rabo levantado, enroscando-se na pouca réstia de luz, interrogando-a. Vou buscar-lhe um naco de carne. Vou até a cozinha e assim já trago o copo de água.

É preciso ultrapassar o corredor, sem nenhum ruído, e fazer tudo rápido. Sem chinelos é mais seguro. Como faz frio! Só agora me desligo do pacotinho e o deixo em cima da penteadeira — ele não sumirá enquanto vou à cozinha. Não preciso da tesoura, com o dente posso rasgá-lo. Ui, os ladrilhos da copa são ainda mais gelados que os do corredor. Ah, se eu pudesse ouvir Wagner então, o *Tristão e Isolda*, o "Liebestod" em altíssimo volume! A luz da geladeira se acende. Mas onde está o resto dos bifes do jantar? Quem sabe Dinalva os colocou dentro do forninho do fogão — é o que ela sempre faz, e depois se esquece de guardar as sobras na geladeira. Também, com este tempo, não dá para apodrecer. Vou pegar primeiro o açúcar. A lata está em cima do armário. Tropeço um pouco no escuro. A colher. A lata pesa, está cheia. Muita gente ainda vai usar deste açúcar — pensarão em mim? Pode ser. Duas colheradas são suficientes. Não, boto mais uma: pelo menos o último gole tem de ser doce, bem doce. Tenho de guardar a lata antes de ir pegar a água; boto a colher no copo — preciso ser correta nessas importantes diligências, deixar tudo impecável. Não dá para tomar água gelada num tempo destes — certamente me resfrio. Grande preocupação esta, hem? Atravesso a copa para ir ao pote, na cozinha, e, antes passo pelo fogão. Ei, há uma luz do lado de lá, vinda do quintal. Quem será a esta hora? Ah, só me faltava esta: a lua! Magnífica, redonda, altaneira, cheia, fogosa, amigueira — até parece que engoliu a energia elétrica! Um tanto embaciada pela vidraça, sua veemente alegria se espalha apenas pelos meus pés. A derradeira lua... Encaro-a variolenta pelo vidro irregular do vitrô da cozinha. Em noites assim, ouvi, com Bilac, as estrelas. Era só o que me faltava, a nostalgia! É preciso cautela e resignação. É preciso deixar o ímã dessa deusa.

Eis aqui os bifes. Conheço deveras as manias da Dinalva. Este pedaço é capaz de enganar a fome do bichinho por algum tempo. Afinal, é alguma coisa minha, fiapo de gesto meu na barriga de um gato, uma qualquer coisa que vai subsistir até amanhã. Que ridículo pensar nisso. Mas é bom supor que fico, mesmo indo. É. E esta hora me desgasta mais do que deveria. É verdade que eu contava com o medo e com a apreensão, mas, mesmo assim, estou tremendo. O frio ajuda; essa lua descarada que resolve aparecer assim retumbante, tão tardiamente, também ajuda. Hum... Por que é que as coisas se tornam difíceis? O jorro da água no copo pode fazer ruído: abro devagar a torneirinha do filtro, de mansinho, de mansinho. Agora já tenho tudo nas mãos. Engraçado, não estou mais pensando. Já posso voltar ao quarto. Rápido. Sem cogitações. Só os olhos vendo no escuro.

Deixo a porta fechada, mas sem trinco, que é para não causar desnecessários distúrbios, para que tudo seja tranqüilo e asséptico amanhã. Como um despertar. O gato sabe que fui achar-lhe comida. Está à minha espera. Deixo o copo em cima do criado-mudo, do lado dos meninos castos. Entreabro a veneziana. É um gatinho feio e rajado. Pobrezinho! Pela fresta passo-lhe o passaporte para a sua existência precária. Mas arremesso longe o petisco para que se vá duma vez e me deixe em paz. Pronto. Falta pouco para a meia-noite. Já agora começa o trecho mais delicado, insistentemente ensaiado. Por isso mesmo, acho que sou capaz de desempenhá-lo quase com perfeição. É assim: tomo o pacotinho e rasgo-o com os dentes. O pó é verde. Diluído em água fica bonito e alegre. Parece esperança. Lembra aquela bebida de que gostei. Anizete? O absinto de Baudelaire? Por que já falo no passado? É semelhante àquela bebida de que gosto. Lembra capim, árvore, mar, um time de futebol; é a cor oficial da felicidade. Lembra uns olhos também. Tomo os olhos e a esperança no copo, que vou bem acompanhada. Pronto. É tão doce...

Não foi fácil? Qual será o sono, qual será a morte? Como discernir? Que fique claro que não conto nem com deus nem com o diabo. Quero apenas ser o que sou, e, desta feita, de uma vez por todas: ser alguém que apenas decidiu sobre si mesma. E este é o grande prazer que me resta: o de me desinventar!

Os lençóis são brancos e visto a camisola mais bonita — como quando nasci.

O GIGANTE

Para Maria Amélia Blasi de Toledo Piza

ELE NÃO TEM A FEIURA DOS DUENDES DO meu tempo de fadas. É só sem graça e preguiçoso, porque está sempre deitado, embora eu saiba que, durante a noite, ele ande e vigie os breus e que, por isso mesmo, deve conhecer a minha alma.

Acho que o meu gigante é tudo aquilo que um príncipe deve ser, mas só de perfil — jeito, aliás, que é o seu único modo de estar neste mundo. Jamais consegui dar conta dos detalhes que compõem o seu rosto e o seu corpo: ele é enorme demais para a minha minguada visão. Sei, apenas, que, quando chove, os seus olhos ficam cheios de lágrimas porque são tão fundos, tão cavados na montanha, que facilmente viram lagos. Se eu fosse o céu, lá de cima poderia apreciá-los a contento, iria conhecer melhor essas imensas pupilas com pulsações de peixes.

A maior parte do tempo meu gigante passa a vida em decúbito dorsal, oferecendo o corpo a toda espécie de intempéries; e me abriga, a mim que, morando aqui em baixo, fico galardeada por seu imenso poder. Porque, malgrado a quietude e a inércia que parecem tão embutidas nele, a cada vez de borrascas, ele agarra com as duas mãos os raios e seleciona para nós os mais pacatos clarões, tornando cariciosas as temíveis tempestades e compondo com amor as nossas noites molhadas. Sua potestade nos protege, de modo que os deuses celestes nos tocam apenas com doçura. Portanto, nada pode ser terrível demais, aqui, para nós.

Nunca conheci a vida para além do nosso vale e a presença dele me faz segura. Do outro lado do mundo tudo deve ser diverso. Ele mora bem detrás da nossa casa, mas na precisa distância que o defende das minhas insistentes interrogações acerca da sua humanidade. Quem sabe, o número de hectares que medeia a nossa solidão seja suficiente para que ele possa se sentir resguardado contra a minha ternura.

O fato é que o meu gigante é pura e duríssima pedra. Na geografia local, consta como sendo uma cadeia de altas serras inacessíveis, uma enorme montanha rochosa de três blocos, que separa, de comprido, a fazenda do meu pai daquela do nosso vizinho. O relevo dessa montanha é que cria o seu atraente perfil, seu nariz delicado, sua boca grave, seus olhos profundos, seu queixo pontiagudo e escarposo pescoço, enfim, todo o seu corpo em que a barriga bem exercitada de jovem másculo chama a atenção, as pernas alongadas e os pés tão harmoniosos na sua extensão. Inescalável e defendido pelas cascavéis entocadas nos seus refolhos, ele não é propriedade de ninguém — é apenas o nosso limite. Mas decidi, há tempos, que essa neutralidade tem de ser pertença de alguém e foi assim que resolvi definitivamente que ele seria meu, só meu! Nós dois nos aproximamos e nos apoiamos um ao outro; na verdade, nos escoramos entre as vantagens da minha fantasia e as do seu mistério.

Deposito no vento as sensações que ele me desperta e sei que, mercê deste bom mensageiro, elas de certeza penetram no seu corpo. E a resposta me vem logo nos cambiantes expressivos do arco-íris que daqui lhe surpreendo em tardes de estio e que norteiam a minha percepção das cores — adivinhada bússola da nossa cumplicidade.

Tia Graça tirou pedras da vesícula, eu mesma as vi. Acho que foi depois disso que o adotei de uma vez por todas. Até então desconhecia que também eu era pedra, mole por fora, já que os beliscões que minha mãe me dava doíam tanto, mas dura por dentro: eu mesma não chorei quando, mais tarde, tia Graça faleceu. Fiz desta constatação o elo da nossa irmandade, ainda ignorando, naquela altura, a grande evidência da vida, de que as pedras são terra e de que a terra é tudo — princípio e fim.

Ah, como eu ansiava experimentar, com minhas mãos, o seu corpo de pêlos verdes, pra saber até onde ele resistiria! Embora eu gritasse quando as unhas justiceiras lascavam minha pele, muitas vezes, por pirraça, engolia firme sem denunciar a dor ou aquilo que o rancor podia começar a tramar a partir dali. Ora, talvez meu gigante fosse teimoso feito eu, o que me estimulava a pressentir, por cima do seu silêncio e da sua natureza impassível, os arrepios que a minha vontade de acarinhá-lo certamente lhe causavam.

Sou só, até o ponto em que podem ser sós os filhos únicos, vocacionalmente tristes. Apenas desse modo posso compreender por que, desde aquele tempo, eu era já tão infeliz, visto que nunca sequer havia pensado na morte. A casa da fazenda é grande, decerto para praticar a minha solidão. Não é de madeira mas da melhor alvenaria, porque papai sabe fazer negócios e ganha a vida com isso. Também não é bonita porque mamãe tem gosto extravagante. E nela não há a paz que aparenta: minha avó é louca.

A casa abriga sobretudo a palpitação das coisas estranhas e desinconformadas, porque mal-adormecidas. Palpitam sempre nela, durante a noite, a sombra inadvertida das árvores mais próximas, remexidas e filtradas pela lua cheia, quando há, ou a dos fantasmas sem nome, quando escuridão total. Concertam, no quintal, os pandeiros que as folhas e os galhos preparam na quadra do vento forte e da chuva. E tudo o que aqui ocorre é sempre sob o olhar indireto e surdo do meu permanente e vigilante gigante.

Nem jardim e nem flores há ao redor de casa — minha avó as desfolha sem cessar. E quando, andando pelo mato, o perfume de alguma planta me tenta, eu fujo com um calafrio inexplicavelmente congênito. Tenho medo da casa, das flores, da teia em que eu temo me enlaçar. Sonho com rosas que se dissimulam em carneiros e cuja lã agasalha meu sono. Todavia, as temo porque, depois de me fazerem rir de tanta cócega, infiltram fino na minha pele os seus horrendos espinhos até que, gargalhando todas em instável falsete, trespassam o meu corpinho sem segredos.

Nunca soube se, em verdade, foi por mim ou por vovó que meus pais capitularam e abandonaram a cidade. Após quinze anos de tentativas, a gravidez da minha mãe se encravou finalmente no seu ventre da mesma forma que, em alguma parte do espírito da minha avó, a doença tomou corpo. Talvez isso tivesse provocado neles a necessidade do isolamento. Temos cronologicamente a mesma idade: eu e a demência da vovó.

Minha avó, que amei tanto até descobrir que cada vez que estava a seu lado, ela corria em seguida para lavar as mãos, enojada do meu toque. Ah, como maldigo o tempo em que desconheci esse seu gesto e que a deixei levar, para as cores da toalha, o puro vivaz da minha infância! Desde então, o que há em mim vai em direção da pedra. Travei meus sentimentos mas, em compensação, comecei a enviar pombos-correio ao meu gigante.

Primeiro, os recados foram em forma de desenhos e, neles, a descoberta do meu horizonte. Depois, quando a paciência da minha mãe se acabou na altura do beabá, as mensagens corriam em códigos, em palavras que até hoje apenas ele adivinha e realiza.

Em noites favoráveis, recebo daqui suas respostas nos rabiscos do fogo-fátuo que o seu corpo desprende. Que civilizações mortas dialogam em nós?

O PESCADOR DE PÉROLAS

Para Gilda de Mello e Souza

HAVIA UMA MÚSICA COM ESSE TÍTULO, que eu ouvia sempre num dos velhos discos gigantes da minha infância, os que o Nono trouxera da Itália — aqueles de setenta e oito rotações, ainda do tempo da Grande Guerra. A gente tinha a impressão de que eles, imensos como eram, a ponto de mal caberem no abraço mais afrouxado que eu pudesse dar, demorariam um século para executar tudo aquilo que neles se encontrava embutido. Mas qual! Diante do meu encantamento, a música, por mais morosa que fosse, girava muito rápida naquele eixo, se extinguindo rápido e deixando-me sempre a sensação de que lhe faltava um pedaço, talvez o mais importante: aquele que eu jamais ouviria.

No caso do *Pescador de Pérolas* de Bizet, então, eu a vislumbrava vazando, como um mar, muito tempo ainda após o término do disco; se esvaindo e se esparramando surdamente, sem remissão, pelos cômodos da minha casa... Beleza ansiada e inaudível, perdida em definitivo para mim, criatura inútil, que não tinha suficiência sequer para retê-la. Se ao menos eu pudesse acrescentar mais uns tantos anéis àquele prato girador, quem sabe a recuperasse... Se ao menos eu jogasse uma rede onde aprisionar o seu peixe!

O inventor desse maiúsculo objeto na certa sacrificava a partitura! O maestro e os músicos tocariam bem melhor para além da gravação, visto que, até o final, tinham permanecido intimidados, encolhidos e temerosos — todos achatados dentro daquela massa preta redonda que os constrangia, pinicados com a tal agulha pontuda e ambulante. Pobre gente massarocada, acotovelada e vigiada: massacrada! Seriam, os pobrezinhos, os tais judeus no campo de concentração?

Mas mesmo diante desse pensamento medonho em que não sei por que ínvios atalhos a orquestra se derretia numa massa negra e pastosa, tornando-se o grande prato girante — era o título da música o que mais me impressionava. Como podia o compositor apreciar deveras o fundo do mar à procura de pérolas, se ele tinha que estar o tempo todo com o papel e a caneta na mão, anotando, registrando os sons que depois ouviríamos? A água do mar, salgada como é, com certeza corroeria a tinta nanquim, se bem que esta viesse também dali (como já me haviam explicado!), extraída da bolsa daquelas baitas lulas viventes no oceano.

Mas então: seriam as pérolas as notas, e as ondas do mar aquelas linhas simétricas onde colocar as notas? Seria a sereia a clave de sol? O tentáculo daquele polvo tentando alcançar o pescador — uma clave de fá? E o pescador ele mesmo?!

Não me cansava de me afundar nessas estimativas enquanto ouvia o tal trecho da música, um tanto atordoada pelo movimento rápido do seu giro negro; e a recebia às vezes leve, espumosa, acariciante. E era nela que o meu pescador mergulhava como um anjo nas águas, trazendo do abismo marinho gotas brancas e perfeitas, que, como bolhas de sabão, subiam alegremente aos céus ao meu mais leve sopro. Às vezes, entretanto, a música era doída demais, o que fazia do meu pescador um pássaro preto de entranhas desventradas, perfurado pelos golpes de um peixe espada deveras cruel. As pérolas, fugindo da concha madrepérola, se tornavam roxas, manchadas de sangue, e já não eram aquelas do pescoço da minha mãe. E o ar... Faltava-me ar quando a música terminava, como se eu tivesse mergulhado com meu pescador ou como se eu estivesse refém, numa dessas câmaras de gás de que tanto ouvira falar. Tubarões me assaltavam de chofre no momento em que eu procurava conter a agulha da vitrola contra as ondas soltas e negras que podiam pôr o barco à deriva. Procurava me defender deles, mas inutilmente. Me reapareciam à noite, nos sonhos, e muito mais poderosos então, porque eu não estava mais a salvo, ali na minha casa, à tona das ondas escuras, mas, sim, submersa, arfando, me sufocando...

Meu pescador era antigo. Não tinha máscara, balão de oxigênio e nem uniforme de escafandrista. Ele apenas vestia uma tanga que lhe ocultava as partes vergonhosas, tal qual aquele santo amarrado num toco, o peito espetado de flechas, ou como o Cristo da derradeira hora. Além disso, as ostras prendiam-me a mão nas conchas a cada vez que eu tentava tirar o disco do pino. E claro está que nenhuma pérola nascia das lágrimas que os meus olhos manavam, por mim e pelo meu sofrido amigo que, nesta altura, já se tornara um mísero náufrago.

Havia um cachorrinho de boca aberta no rótulo vermelho do disco, bem no centro da massa negra. Ele cantava para um caracol que certamente reproduzia os latidos por meio dos seus túneis espiralados. Ele era diferente dos que eu conhecia porque parecia saber sorrir e era todo certinho. Por isso, seria ele o senhor das pérolas, muito mimado e rico, coleira brilhante e tudo mais? Não, ele devia pertencer ao dono das pérolas e tomar banho todos os dias; seu pêlo era branco da cor delas. Seu banho era de mar, como o de todos os participantes do disco.

O pescador de pérolas

Cachorrinho esperto, sabia nadar como o pescador, como o compositor. O maestro também assim se exercitava? Como podia ele fazer soar pela orquestra os tons da profundeza do mergulho, da ansiedade e da alegria da captura sôfrega das ostras — se nunca tinha experimentado mergulhar no lugar do pescador? Mas, também, como eu poderia saber?

Tudo isso me fazia uma grande confusão... Se o cãozinho cantava, coisa evidente pois ele tinha tirado o retrato de boca aberta, todo pomposo — por que é que a gente não ouvia os seus latidos? Mas não se escutava, no disco, nenhuma voz, e menos ainda ganidos. Todo o trabalho era feito pela orquestra, pelos sons daqueles metais, cordas, instrumentos que, certamente, só podiam atrapalhar o mergulho do pescador, distraí-lo, fazê-lo respirar menos ar antes de saltar para o profundo ventre da água... O que viria a se tornar para ele uma verdadeira catástrofe se eu, por exemplo, me pusesse a ouvir muitas vezes em seguida essa mesma música... Por isso mesmo eu não me conformava com uma coisa!

Seu Jacob, vizinho nosso, morava no fundo da sua relojoaria. Todos os dias eu passava por lá para chamar Clarinha, para a gente subir para o jardim-de-infância. Enquanto a aguardava, espiava a vitrine pensando no meu pobre pescador, que tanto se esforçara para que aqueles colares tão lindos pudessem estar ali expostos. Seu Jacob tinha um cachorrinho, mas não como aquele: o seu era maltratado, todo feioso, todo perebento, mas eu acreditava que aquilo só podia ser um disfarce.

Clarinha chegava e a gente caminhava juntas, eu sempre comentando com ela as proezas do meu amigo. Ora enroscara o pé numa grande alga e quase perdera o fôlego e por pouco não subira à tona. Ora fora corrido por um enorme tubarão e tivera de desistir do cesto cheinho de ostras. De um jeito ou de outro, ele era um grande sofredor! Morava numa cabana na praia, e o vento levantava as palhas que lhe serviam de telhado, e a chuva e as fortes ondas alagavam tudo. De maneira que tanto fazia para ele estar dentro ou fora do mar — andava sempre molhado!

Outras horas, ele tinha família, uma menina pequenininha, que permanecia doente, tossindo, com febre... Não podia ir para a cidade comprar remédio para a filhinha... Como iria deixar de caçar as ostras para arranjar dinheiro para o alimento da família? A mãe da menina tinha morrido, a irmã mais velha é que cuidava dela. Então, essa menina saía pelas cabanas dos outros pescadores para saber se alguém poderia lhe dar umas ervas para um chá ou um xarope para a pequena deixar de tossir. Eu achava que ela já estava mesmo era com tuberculose.

Eu contava todas essas histórias pra Clarinha, que era para ela comentar com o pai, para ver se ele criava vergonha na cara e tomava alguma providência. Na minha cabeça, a culpa da indigência do meu pescador cabia unicamente ao Seu Jacob. Em casa, comentavam que ele se tornara muito muquirana, que virara muito unha-de-fome, que pagava mal aos empregados e que só pensava em enricar. Que ele tinha desaprendido o que acontecera com os seus pais durante a Guerra! Que deveria tornar-se mais humilde, isso sim! Mas, ao contrário, em vez de se lembrar da triste experiência da família, que desaparecera todinha do mundo, ele se tornara muito egoísta, muito virado para si... A própria Clarinha, coitadinha, usava umas roupas desbotadas, fora de moda, muito acabadinhas. Seu uniforme de escola era quase irreconhecível, pois que o azul-marinho da saia restara um ceuzinho claro todo manchado — e ele nem pensava em mandar-lhe fazer um novo! A pobrezinha tinha de chegar da escola e trocar de roupa, assim que entrava em casa, para que a mãe logo lavasse a blusinha e a saia, que secavam durante a noite, para ela poder vestir no dia seguinte. Senão ela não teria jeito de ir para a aula. Eu mesma tinha duas mudas de uniforme, mas ela, a menina-rica, só tinha uma!

Ora, a mesma coisa que ele fazia com a Clarinha, fazia com o meu amigo! Certamente lhe pagava muito mal, e tanto, que nem do dinheiro para o remédio da filha o meu pescador dispunha. E em troca ele lhe trazia aquelas belezuras brancas, brilhantes, redondinhas e perfeitas! E que custavam tão caro! E eram tantas que, somando, ganhavam das nossas coleguinhas de classe. Isso tudo era muito injusto, muito!

Minha inimizade com Seu Jacob tornava-se a cada dia maior! Toda a vez que ele me cumprimentava, eu dava um jeito de olhar para outro lado, de fingir prestar atenção em outra coisa, surda que nem uma porta — só para não ter de falar com ele, com esse homem ruim e mandão, criatura malvada! E era bom que entendesse assim o quanto eu andava sentida com ele; e se não compreendesse, eu jurava para mim mesma, qualquer dia ia lhe explicar direitinho as coisas! É, mas não foi bem assim que aconteceu.

Num dia em que eu chegava da escola com Clarinha, ele, da porta, veio vindo ao nosso encontro, como se só para isso ali estivesse, de plantão, a cara muito fechada. Na verdade, esperava era por mim! E toma o meu braço pelo pulso, e, muito irritado, me sacode e quase me grita:

— Que histórias são essas que anda contando pra minha filha, hem? Você não tem nenhum juízo, menina! De agora em diante fica proibida de andar com Clarinha! Está me ouvindo? Pro-i-bi-da!!!

Eu estava pronta para jogar em cima do Seu Jacob a rede toda, com todas as miudezas do mar, carcaças de peixes, ostras velhas, calêndulas apodrecidas, conchinhas quebradas, corais mal cheirosos, sujeiras que andava guardando para essa ocasião, mas mal abro a boca pra lhe ripostar, ouço a voz do meu irmão mais velho que, da porta de casa já está ali para me defender, e se adianta em meu lugar. Coloca-se, num instante, entre mim e Seu Jacob, e com os nervos à flor da pele — diante da pobre Clarinha atônita, que mal sabia onde se enfiava de vergonha — lhe responde:

— Olhe aqui, seu, seu... nazista! Foi na Guerra que aprendeu a tratar as criancinhas assim, foi? Meu pai estivesse vivo e a gente ia acabar com o senhor! O que foi que ela fez pro senhor botar a mão nela? Pensa que manda nela, hem? Acontece que a coisa vai ser muito diferente do que o senhor diz! Pois é a Clarinha — a Cla-ri-nha — viu? — é quem fica proibida de andar com a minha irmã daqui por diante! E encoste mais a mão nela pro senhor saber com quantos paus se faz uma canoa!

Meu irmão sabia muito bem o que dizia! A canoa do meu pescador estava nesta altura, sem dúvida, à deriva, em alto mar, em meio a tempestades... O pobrezinho, de novo molhado, correndo risco de vida, e tudo por causa do Seu Jacob!

— Seu quinta-coluna! Me chamando de nazista?! Justo nazista?! Você sabe lá o que isso significa, menino? O que é que você entende do mundo, hem? Pra você tanto faz o rio correr pra baixo ou pra cima... Mas muita água ainda há de rolar por baixo da ponte até você compreender a barbaridade que me diz! Seu, seu quinta-coluna!!!

A partir daqui ficou impossível entender mais o que um dizia para o outro, pois que estavam a ponto de se engalfinharem, se não aparecessem os outros vizinhos separando-os, ao mesmo tempo em que se intrometiam na discussão. De tudo, me ficou apenas o eco de uma e de outra palavra gritadas com muita força, e que, para mim, logo começaram a fazer nexo.

No meu incipiente dicionário de seis anos entraram repentinamente alguns vocábulos novos para explicarem a proibição eterna de, a partir de então, não poder mais andar com minha amiga Clarinha — já que nascia uma enorme mancha de água escura separando as nossas casas. Elas agora ficavam ligadas apenas por uma ponte feita com cinco colunas, na quinta das quais o meu pescador mergulhava, vasculhando muito o fundo à procura de ostras, e entregando as poucas pérolas que colhia para o seu Jacob. Este — ainda bem! — o pagava melhor agora, é bem verdade! Aprendera finalmente a lição que o meu irmão lhe dera, e não deixara nunca mais de acertar direitinho as contas com o meu pescador. Infelizmente, as suas moedas pouco valiam: eram moedas chamadas nazistas.

A VISITA

ENFIM, ERA UMA FORMA DE ESTAR SOZINHA. E era o que bastava. Dependurei o vestido, fui ao banheiro lavar o rosto e voltei para o quarto. O trajeto é pequeno, visto que o apartamento de um quarto é quase uma quitinete estreita e curta.

As imagens começaram a despertar quando, desbotando a pintura dos olhos na água com que eu banhava o rosto, me encarei, naquela noite ao espelho, no momento em que procurava, de olhos quase fechados, o sabonete para a última espuma. E pasmei.

Fui de chofre surpreendida por um ser à minha frente, que desconhecia. O mesmo calafrio que nos acomete quando encontramos alguém na rua, por acaso, e constatamos nos seus olhos (ou em alguma coisa a mais que, nele, nos prende a atenção) um apelo do passado que a gente não consegue distinguir, e esse sinal, como uma cena que desencadeia recordações que não flutuavam mais na nossa mente, nos atinge espinhando o nosso coração com a sua marca de assombro.

Da mesma forma, me arrepiei — mas o ser à frente não se conturbou. Ou ele me via como se me soubesse e, portanto, nada poderia espantá-lo (o que me deixava na míngua), ou então o seu rosto se compunha num outro universo, fixado, como num flagrante irreversível a que mais nenhuma das minhas contrações faciais pudesse alcançar.

O medo instantâneo de me saber de súbito coabitando com alguém por inteiro desconhecido e que, além de tudo, me tivesse usurpado a morada, me invadiu. Mas antes que o grito pudesse sair de onde vinha o meu estarrecimento, a pouca lucidez que ainda agia em mim me fez ver que aquilo só podia ser eu mesma: ora, há quanto tempo eu não me prestava atenção?!

Ensaboei o susto no rosto e mais uma vez me enxuguei na toalha sem tomar nenhuma resolução. É certo que me pesava, naquela hora tarde da noite, todo o cansaço do dia agitado e sem perspectivas, mas, agora que falo disso, percebo que devia ter dado mais crédito às minhas visões. Tenho, de fato, desprezado muitas coisas a meu respeito, e uma oportunidade como essa não se pode deixar fugir.

Imagine: surpreender, de repente, alguém de todo estranho dentro do seu próprio banheiro, lugar da vida privada (não é esse o nome do artefato de gesso onde nos sentamos diariamente?), para onde se vai sozinho; alguém à vontade dentro da sua própria moradia, no apartamento que você mesma alugou através de um fiador que você mesma procurou (e olhe que isso muito te custou!), por meio de um contrato que você mesma assinou e que até completou com letra burocrática e legível... Veja: todo esse esforço, apenas com o fito de te propiciar a solidão e a distância dos outros e de repente, num átimo, por um passe de prestidigitação — lá está um ser à sua frente, que te desafia na moldura do seu próprio espelho!

E olhe que esta seria uma excelente oportunidade para testar as minhas bravatas. Mas quê!? Deixar passar por entre os dedos a circunstância venturosa de apontar um ladrão, de chamar a polícia ou o zelador (a postura desse ser, na sua quietude e imobilidade, me convidava à coragem), de gritar, de fazer escarcéu, e até de (e eu tinha um bocado de motivos para isso!) me vingar: eis aqui o sentimento que, custo a admitir, eu tanto queria ter podido extravasar! Ando querendo me vingar do mundo, essa é a verdade, por tudo que me tem feito! Veja: deixar passar essa esplêndida ocasião, só porque resolvi — oh grande covardia! — que aquilo podia ser eu mesma!

Apaguei a luz do banheiro e com ela a figura da frente, e fui, quase sossegada, para a cama. Mas nesses breves passos entre o banheiro e o quarto, caminhei por toda uma zona circunscrita aos grandes medos. Distância exígua mas de léguas mui compridas: atravessei, sobressaltada, cada um dos precários instantes dos meus completos 21 anos.

Da porta do quarto à cama, fui de novo assaltada. Na sombra mal formada pela luz que emergia da rua de defronte, mista de longe e de faróis alçados de automóveis, vislumbrei o ser já deslocado da sua moldura, tomando forma e se articulando como pessoa composta de todo aparato humano. Me acompanhava, capcioso, ora à esquerda, ora à direita, anterior e posterior, num ritmo que se colava ao meu e que duplicava, triplicava, exorbitava os ínfimos metros que me separavam da cama. Passos calados, descalços, à imitação dos meus, porém, surpreendentemente corretos, à maneira de quem providenciasse uma exatidão como salvo-conduto.

No instante em que me assustei, ele também se deixou assustar. No momento em que me fiz imóvel como uma estátua prematuramente acabada, ele também se deixou estar. E então, pergunto, já não era hora de pedir socorro a um vizinho, a algum dos moradores do prédio? Onde estava eu com a cabeça? Me deixando seduzir pela idéia da minha própria cumplicidade, claro está... Tratava-se, nada menos, do que se chama um egolatrismo cego e paranóico, penso hoje. É o que digo: deixar passar essa oportunidade...

Por um momento, fechei os olhos. Conservá-los abertos era o que, enfim, me propiciava a certeza desse outro ser, e caminhar assim não me seria difícil porque, afinal, sei de cor o caminho para a cama, de modo que a última barreira entre mim e ele poderia ser mesmo só o meu medo. Sim. Mas nesse eu podia tropeçar.

Por isso fiquei algum tempo petrificada, dura como um gancho de aço à espera de uma resolução qualquer que me tirasse dali e me transportasse rapidamente para outro ponto do apartamento. Nem abrir os olhos e nem andar: eis o que aquela pessoa tinha obtido de mim.

Não sei por quanto tempo permaneci nesse bloqueio, nessa guerra íntima e a dois, mas concluí que a força que fazia para chegar a uma resolução me enrijeceu de tal modo os pés, que quando, finalmente, me pus a andar em direção à cama, ainda de olhos fechados, o ruído que ouvi e que podia ser apenas o dos meus ossos no esforço de me articular, me pareceu o barulho abafado dos passos me perseguindo.

Num impulso irrefreado, mergulhei às pressas no colchão, para que ali pudesse chegar, ao menos, antes que ele, a fim de que eu ocupasse de fato e de imediato o lugar que me pertencia. E, então, só as molas retiniram na noite, num burburinho de posse e de solidão, sem esclarecer bem se era apenas o meu corpo o ocupante daquele leito. Mas no receio de que qualquer gesto meu viesse desfazer o encanto desse duplo a mim aproximado e, por fim, apaziguado, fiquei naquela posição por muito tempo, perplexa, siderada e, depois, muito arrebatada — toda em compromissos com uma súbita e incompreensível mágica, que me dava um enorme e insuspeitado prazer. Na verdade, um deleite gozoso que nunca na vida jamais experimentara.

Depois disso, só mais um ruído, o da minha própria respiração voltando, parece, que a mim. Até que o sono tomasse conta do meu corpo e daquilo que estivesse próximo a mim, por cima, por baixo, por dentro, pelos lados, porque não sei bem onde ele se acomodou nesta altura, visto que não tornei a abrir os olhos até a manhã seguinte, já com grande receio, mas, desta feita — de que ele fugisse de mim.

Por isso mesmo, logo ao me levantar, tomei providências: coloquei um improvisado retângulo de papelão sobre o espelho, preso muito bem graças a uma excelente cola que tenho aqui em casa.

No escritório, andaram me perguntando porque me tornei tão displicente a ponto de não me maquiar mais. Ninguém supõe como, de lá para cá, ando deveras concentrada, me ocupando muito de mim e da minha vida — a mais privada.

O ENSAIO

Para Eni e Carolina Martin

CHEGANDO DA ESCOLA, AO FINAL DA TARDE, topei com uma surpresa e tanto. Imagine que as minhas duas tias freiras, que moram tão longe, em distantes pontos do Brasil, e que só podem vir ver a família uma vez por ano, haviam chegado à nossa cidade e, em vez de seguirem direto para a Nona, como sempre acontece, desceram lá para casa, e estavam reunidas com o povo todo da família. Ninguém me avisara de nada e eu nem chegara a surpreender qualquer tipo de preparativo antes de seguir para a escola. De modo que até levei um susto daqueles pensando que algo de grave houvesse ocorrido.

A casa se achava numa algazarra doida, muita gente falando ao mesmo tempo, as primas e os primos brincando, correndo, gesticulando, gritando, as tias de fora que me abraçavam, os tios de longe que há séculos eu não via, meu pai, minha mãe, meus irmãos, a família inteira, enfim: só não estava ali a Nona! O que teria acontecido com ela?

Como a alegria de todos não combinasse com alguma suspeita acerca da sua ausência, eu, mais apaziguada, tratei de tomar a bênção dos parentes, beijar os meus primos e buscar me entrosar naquela efusividade inesperada e gostosa, largando a minha mochila no primeiro canto. A Nona chegaria a qualquer momento; e, pelos vistos, aquilo só podia ser uma festa de última hora.

Coisa que me chamou a atenção foi que as mobílias da minha casa tinham, de manhã para a tarde, mudado de lugar; a sala se achava muito diferente do que era, a mesa posta ao comprido, emendada com outra menor que a tornava ainda mais longa, quase alcançando as paredes de ambos os lados; as tias e os tios se encontravam sentados em grupinhos, em animada conversação; a poltrona do ateliê do papai tinha vindo parar na sala, arrumada próxima à entrada da porta da varanda; e até a máquina de costura da minha mãe viera para a sala, ajeitada ali, debaixo da janela. E pra que tudo isso, meu Deus?

Outra coisa foi a tia-freira mais nova ficar passando a mão no meu rosto, no meu corpo, no meu cabelo, como se precisasse desses toques para me avaliar, para concluir o quanto cresci do ano passado para cá, além das muitas perguntas sobre o meu uniforme. Mistério! A mais velha, em compensação, me abraçava muito dizendo que eu era a cara do papai, que lembrava muito ele com a idade que tenho, ao que as outras tias aderiam, fazendo reparos sobre a cor dos meus olhos, sobre a testa, sobre o redemoinho no cabelo, e assim por diante, me botando numa berlinda tamanha e sem graça, que me deixava deveras intimidada. Me passavam em revista tim-tim-por-tim-tim, sobretudo porque, parece, eu fora a última a chegar e apenas me aguardavam, ansiosos, para a gente dar início aos comes-e-bebes.

Mas afinal, o que era aquilo? Comemoração do quê? Mas por que mamãe não me alertara e por que não recebera eu até então ordem de botar um vestido apropriado? Outro mistério! Vá entender essa gente grande!

Quando estávamos bem à vontade e já muito alvoroçados correndo de um para outro lado em franca disputa de esconde-esconde, vieram nos dizer que parássemos com o folguedo e que fôssemos, como os outros, rapidamente para a sala. Havia nesse pedido um certo tom formal e obrigatório que, de fato, logo-logo se confirmou.

Minha mãe se postara muito séria bem à porta de entrada da sala, adjutorada pela minha prima mais velha que enfileirava as pessoas e pedia ordem e silêncio. Até parece que íamos para uma comunhão.

Dali onde estava, percebi que mamãe ficava destinando a cada um de nós, como se lhes estivesse dando uma senha, os assentos da sala que lhes cabiam, e as pessoas, muito obedientes, tal qual orientadas por um mestre-de-cerimônias, procuravam localizá-los para se acomodarem. E assim, pouco a pouco, fomos nos adentrando no amplo cômodo já devidamente preparado para o que seria o chá.

Sobre a alongada mesa estavam dispostas belíssimas porcelanas que eu só via trancadas na cristaleira — as japonesas, as inglesas e as chinesas — como se tivesse sido impossível, à dona-de-casa, prever tal número exacerbado de talheres, e ela tivesse se visto obrigada a se ajeitar, indiscriminadamente e à última hora, com tudo de que dispunha. A mesma disparidade se esticava sobre a toalha alvíssima, visto que esta se valia de outra que, muito embora tão branca quanto aquela, restara desguarnecida de iguais motivos de bordado, indicando, com a clareza do seu linho, que a desprecavida dona-de-casa não contava, no seu enxoval, com uma toalha assim de propósito extensa, que pudesse comportar à mesa todos os membros da sua futura família...

De maneira que o mesmo bricabraque exibido na súbita mudança da sala transparecia e se estendia ao longo da mesa alcançando também o acontecimento e os serviços de chá. Até parecia que ali não havia a mão da minha mãe, sempre tão meticulosa e diligente, alerta ao mais pequeno detalhe, pois que tudo se encontrava numa espécie de improvisação desajeitada que não era nem um pouco do seu calete. Dava a impressão de que não estávamos sendo acolhidos numa casa bem posta, mas sim numa pensão arranjada às pressas, em casa alugada, num tipo de filial arremedada da minha casa, e que ficávamos tolhidos dentro de uma espécie de simulacro de alguma outra coisa que, me parecendo todavia muito familiar, se tornava, em compensação, impossível de identificar naquele momento.

À tia Antonieta, a tia-freira mais nova, ficou reservada a cadeira ao lado de uma outra, vazia, de todas a mais importante, junto da qual, do lado oposto, se acomodara a tia-freira mais velha, a tia Gilda — todos os três assentos na cabeceira da grande mesa. Em redor delas, achavam-se os tios e as tias, entremeados de nós, crianças, de modo que a família toda se espremeu contida em volta da grande mesa. O pedido de silêncio era observado por todos, adultos e jovens, e mesmo por nós, a miuçalha; creio que mais em virtude do inusitado da situação, constrangidos que estávamos sem entender muita coisa e meio perplexos diante do enigma curioso daquela bizarra arrumação familiar. De resto, ninguém se incomodava em nos esclarecer nada porque, segundo eu podia intuir, tal estado de coisas parecia bem óbvio para todos — menos para nós. Para ser mais exata: muito menos para mim, que chegara por derradeiro.

Quando todo mundo havia se instalado no seu devido lugar, minha mãe, que até então se encarregara dos arranjos preliminares, abandonou o seu papel de contra-regra e, abdicando das prerrogativas de dona daquela casa, foi sentar-se no lugar da tia Zina que, cedendo-lhe a cadeira, tomou-lhe a iniciativa e passou a reger, como um *metteur-en-scène*, os outros passos a serem seguidos daí por diante, dando curso àquele esquisito ritual.

Tudo indicava que o assento vazio, cuja posição sugeria pertencer à maior autoridade familiar, só podia estar reservado à Nona que, todavia, não chegava, e não chegava, e não chegava nunca... Não sei bem por que, mas quando me dei conta da persistente ausência dela e de que, afinal, a família começava mesmo a cerimônia sem ela, me varou como uma descoberta desconcertante o sentido oculto dos outros objetos que, de seus lugares de origem, tinham migrado de súbito para a sala. Eu, por fim, reconhecia agora a matriz ali imitada: era a casa da minha Nona! Mais precisamente: a sala de jantar da sua casa, com a poltrona dela, com a máquina de costura dela, com a enorme mesa a se perder de vista — tudo reposto no mesmíssimo lugar em que lá se encontrava... O que queria dizer que preparávamos uma surpresa para ela, visto ser ela a única de toda a família a não ter comparecido até agora àquele encontro! Ufa! Essa constatação me deu até um certo conforto, e me relaxei! Que alívio quando a gente entende o que se passa à nossa volta...

E já agora tudo conferia: a tia Zina, que morava com a Nona e que, de todos, era a mais íntima da casa, deve ter tomado a iniciativa da surpresa, tendo sido a responsável pelos preparativos para — ora, claro está! — o a-ni-ver-sá-rio da nossa Nona! Como eu não pensara nisso?! Sempre fui muito distraída e, por certo, me passaram despercebidos os arranjos da minha mãe e das tias locais, que devem ter-se alongado por diversos dias, por telefonemas infindáveis, por cartas, recados e telegramas, pois que não é fácil reunir a todos os membros de uma numerosa e geograficamente dispersa família, de uma para outra hora... Como a minha casa é grande, o pessoal viera todo para cá a fim de combinar o evento, de modo que as mudanças dos móveis se explicavam, já que era preciso que a sala pudesse comportar a todos os parentes. O que também significava que os comes-e-bebes não seriam para aquele momento — ah, isso é que não! Nem o chá, nem o bolo, nem os docinhos e nem os quitutes que a gente aguardava com tanto gosto... Tudo estava previsto apenas para o dia seguinte, grande pena, e, nesse preciso momento, só nos cabia ensaiar a festa da Nona para... amanhã!

Assim que concluí o enigma, a nossa pretensa comemoração começou a perder toda a graça, de maneira que me desinteressei das restantes orientações que a tia Zina nos dava, falando a todos, e que incluíam fotografias a serem mostradas para as tias freiras, e que passavam, já naquele instante, de mão em mão, por toda a roda da mesa; a explanação acerca dos presentes que a Nona receberia; dos presentes que ela ofertaria às tias freiras; os trechos de orações que as tias-freiras deveriam ler antes do chá e que já trariam de cor no dia seguinte. E, por fim, a promessa de sigilo absoluto sobre a surpresa: sigilo antes, durante e depois, para que a Nona jamais soubesse do ensaio — o que achei, de fato, uma grande de uma bobagem!

Na verdade, só acordei da minha decepção quanto às guloseimas, quando o papai me chamou ao violão. A gente ia cantar uma canção para a Nona, e devíamos repassá-la diante de todos. Também a minha prima tinha que dizer um poema; o meu primo tinha que tocar violino; o outro ia tocar cavaquinho; a outra tinha que dançar flamenco cantado pelo meu tio, e assim por diante. A festa ia ser muito concorrida e de arromba, com todo mundo mostrando o que sabia fazer!

Eu já estava com o estômago nas costas quando o pessoal se foi e voltamos, finalmente, à nossa santa vida de todos os dias dentro da minha casa. Sempre que desço da escola chego esfomeada e abro com o indicador um pãozinho francês fresquinho, desses que a Antónia vai buscar a essa hora; tenho a mania de regar o buraco profundo com muito azeite de oliva e um bocado de sal, e me refastelo

O ensaio

assim até que chegue a hora do jantar. Mas, dessa feita, lá se tinha ido embora a minha preciosa merenda.

No dia seguinte, mamãe solicitara, por um bilhete que levei à minha professora, que me soltasse mais cedo a fim de que eu pudesse tomar banho e botar o meu vestido chique, o rendado cor-de-rosa, para a gente seguir o mais rápido possível para a casa da Nona. E assim foi. Quando lá chegamos, a mesa já estava posta, impecável; desta feita, arrumada dignamente para o comemorativo chá, repleta de bolos e docinhos e salgadinhos verdadeiros; toalha impecável e inteira, sem nenhum traço de improvisações; um único serviço de chá, considerável e completo — nos trinques; as cadeiras postadas daquele mesmo jeito que eu vira em casa, com as pessoas sentadas na mesmíssima disposição. Parecia um repeteco, mas um repeteco todo aprumado e elegante.

Era como se nos encontrássemos diante do original da cópia que tínhamos estado, ontem, a preparar. Além disso, havia uma outra coisa bizarra, para a qual, entretanto, logo me adaptei: as pessoas fingiam que não se tinham visto no dia anterior... Por exemplo: as tias e os tios nos cumprimentavam e cumprimentavam-se entre si, como se há tempos não se encontrassem. Claro, isso era muito conforme ao voto de silêncio combinado: se não podíamos contar que tínhamos estado juntos ontem, também estávamos proibidos de nos comportar como se tivéssemos nos visto ontem... Isso era evidente.

Mas a tia Antonieta, em vez de fazer toda aquela revista em mim, como na tarde anterior, apenas me abraçou muito fortemente, me beijando diversas vezes, como se, de fato, acabasse de me ver, e ficou enaltecendo os saiotes que eu trazia por baixo do vestido e que produziam aquela profusão de roda bem fofa à saia. Ela ressaltou que o tecido era um lese francês, coisa de que eu nem me lembrava mais, e fiquei pensando como é que uma freira, fechada a sete chaves como ela, podia conhecer tão bem coisas de fora do convento com as quais ela nem convivia há séculos. Mas, ora, ora, ela também fora menina, também tivera vestidos vaporosos.

Tia Gilda fez os mesmos reparos sobre o meu bico-de-viúva, sobre a tonalidade dos meus olhos, enfim, falou tudinho quanto tinha dito antes, quase sem modificar nada, seguida pelas outras tias que testemunharam tudo igualzinho, muito igual.

A Nona, então, estava simplesmente rejubilante com a surpresa! As duas filhas queridas e eternamente ausentes, encontravam-se ali, a seu lado, bem pertinho dela, no lugar de honra da mesa, no dia do seu aniversário, e ela conversava em italiano com ambas, a língua íntima com que falava aos filhos, esquecida da restante filharada e dos inúmeros netos. Houve um momento em que fiquei deveras enciumada, pois que ela sequer me ouviu chamá-la enquanto comentava com as duas filhas as fotos — umas das tais fotografias ampliadas que a gente já ensaiara na véspera.

E foi aí que vi, de novo, uma coisa esquisita: a tia Antonieta — e eu estava bem atrás dela — gabava, com a foto na mão esquerda, a renda da gola do vestido que a Nona usava naquele retrato, apontando para a Yole, a seu lado. Eu também quis ver, e me inclinei sobre o ombro dela para enxergar melhor. E foi aí que presenciei algo deveras espantoso: a fotografia, nas mãos da tia Antonieta, estava de ponta-cabeça, e ela apontava com o dedo direito, não a gola, mas os pés da Nona!!! No preciso instante em que surpreendi essa baita estranheza, a Yole, que não a largava e que a assessorava muito de perto, fingindo não dar nenhuma importância a essa confusão estapafúrdica da irmã, toma rapidamente a foto da mão dela e, situando-a disfarçadamente na posição correta, passa-a para a Nona que, distraída, ainda ria muito com a tia Gilda. Eu quis falar, mas a Yole me olhou de tal modo e com tal intensidade muda, que entendi, num átimo, o interdito: era preciso que eu me calasse, que eu me esquecesse do que vira, que eu passasse um espanador na minha memória, que eu não demonstrasse nadinha do meu espanto. Enfim: que eu virasse uma repentina estátua deslembrada!

Assim quando, no outro ano, nas vésperas do aniversário da Nona, fizemos a mesma secreta cerimônia na minha casa, ninguém precisou me explicar nada. Aquilo que eu aprendera no ano anterior é que tia Antonieta ficara cega, completamente cega, e que era necessário que toda a família cooperasse para que essa triste infelicidade nunca alcançasse o conhecimento da Nona. Os ensaios eram a maneira que a família chocada mancomunara para defender a nossa amada matriarca, evitando que ela jamais suspeitasse da catástrofe que acometera a sua filha. Assim, lhe poupávamos o baque atroz, a perturbação dolorosa e, da nossa parte — pelo menos era o que eu cogitava! — tínhamos a oportunidade de treinar, a cada vez, o nosso talento dramático.

Numa família italiana, propensa ao palco e à ópera, a arte teatral faz parte da própria veia ancestral... De maneira que eu estava até feliz de poder ficar testando, a cada ano, aquele dom artístico que eu tinha projetos de um dia cultivar numa vida profissional!

E, a cada ano, nós nos ultrapassávamos! Ficávamos melhores! Muito cônscios dos nossos papéis, desempenhávamos com perfeição as falas e as cenas que havíamos ensaiado em casa, na véspera, de maneira que, por nossa vontade, esforço e condão, jamais a Nona sofreria esse golpe — ela que tinha o coraçãozinho tão fraco e que não podia suportar nem leves dissabores.

Todavia, no seu derradeiro aniversário, nada foi igual. Dias antes, a Nona, que tinha sido vítima de um edema pulmonar, não passava nada bem e, às pressas, tia Antonieta e tia Gilda foram chamadas lá dos seus colégios perdidos nos cafundós-do-judas, para virem com urgência ao pé da mãe. Quando chegaram, a casa toda se encontrava em grande polvorosa, mergulhada no azáfama dos momentos impossíveis. As filhas e noras em volta do leito materno, muita coisa para organizar, roupa de cama por lavar, dieta para providenciar, remédios para buscar, médico para chamar, enfim, o reboliço da grande enfermidade, o estado de espírito acirrado e típico da iminência da maior de todas as dores.

Minha Nona, aquietada na sua cama após uma convulsão, reconhece, na medida da felicidade possível, as filhas ausentes, as únicas que faltavam para chegar, e murmura, sempre que o pulmão lhe permite, uma palavra ou outra de puro contentamento, distraindo suas mazelas. Mas o ritmo da casa desafina com a toada morosa da Nona, e as coisas precisam andar céleres no compasso da urgência e da penúria reinantes. De maneira que uma se incumbe disso, outra daquilo, outra vai para lá, outra segue pra cá e, enfim, no quarto acabam restando apenas a tia Antonieta, sentada ao lado da Nona, afagando a sua mão, e a tia Zina, afogueada e estafada, no afã de ajeitar a roupa branca; e é então que ela se dá conta de que tem muita pressa de um lençol.

Em vez de solicitar auxílio a mim — que não deixo o leito da minha Nona por nada neste mundo e que estou ali à disposição dela para cumprir quaisquer mandados! — ela pede à Antonieta que vá rápido buscá-lo no quarto do Baba. Tia Zina que, durante os últimos anos, convertera a consentida encenação no seu regime de verdade diante da mãe, sequer se apercebe — e muito menos eu! — que continua a representar a benfazeja e eterna farsa, mas, desta feita — sem ensaio!

Muito obediente, minha tia-freira se levanta, então, e deixa o quarto incontinente. Mas vai se batendo nos móveis, arrastando com o largo e inflado hábito uma cadeira, o escabelo da Nona, o que, dentro do cômodo em penumbra, graças a Deus dá a impressão de açodamento e do nervosismo que nos toma a todos nesses estertores de desespero e fadiga.

Todavia, a Nona, lá do fundo do seu leito de morte e já um tanto distante das conveniências da dura realidade, trata disso num outro registro. Lutando para não desperdiçar o pouco de ar que ainda lhe resta, mas falando compassadamente de forma a ser entendida, ela reage à ordem da Zina. Toma as dores da filha-freira e admoesta a sua caçula em claríssimo português:

— Zina, por que faz isso com a pobre Antonieta? Você se esqueceu de que ela é cega?

Desde o princípio de tudo a Nona conhecera o malefício que acometera a filha. E, muito discreta, reservada e compreensiva, como era do seu feitio, guardara disso segredo absoluto: queria evitar que a família sofresse com o sofrimento dela! Quantas negras noites de angústia e insônia deve ter ela atravessado sozinha, atormentada, esquivando-se de chorar para não ser ouvida, se contendo, sufocando as lágrimas, impedida de compartilhar seu penar com os filhos, lamentando calada, cerrada em si, a desditosa filha! Quanta agonia deve ter transpassado, na solidão, esta prisioneira da dor! Quanto infortúnio! E tudo isso apenas mercê do amor, do mesmo e recíproco amor que também a nós nos movia ao silêncio, ao ludíbrio, à miragem, à representação.

Atores dessa grande peça chamada Vida, nós nos julgávamos muito convincentes, intérpretes invejáveis! Não passávamos, todavia, de ingênuos comediantes da nossa própria ilusão... Supúnhamos atuar o nosso irrepreensível personagem, ignorando, entretanto, que a mais perfeita atriz — a única de todos a ser laureada! — era, em suma, a nossa exclusiva espectadora...

Diante da sua verdade superior e do seu brilho de estrela maior, nós nos descobríamos, nessa triste noite das certezas, apenas meros figurantes — simples poeira dessa impenetrável e impecável luz.

CATARSE

Para Marina Wisnik

É PRECISO QUE EU RIA AGORA, AQUELE RISO aberto e seguro como quem é feliz desde a alma. Uma alegria que vem subindo dos pés para o plexo solar e para os olhos, trazendo nisso o corpo inteiro para explodir todo branco na boca. Assim, exatamente assim! Toda a face deve se abrir, expandindo-se no sorriso, participante, e todo o corpo deve chegar ao estremecimento. Pronto, consegui! Estou verdadeiramente radiante. Sorrio até mesmo para dentro de mim.

Vejamos, não tenho mais nada a dizer por ora. Volto à poltrona para apalpar um pouco mais a minha felicidade, para aninhá-la. É lá que a carta foi deixada, agora mesmo, aberta e sabida, os selos reluzindo ainda a segredo. Abro-a novamente para me certificar do seu conteúdo e da minha bem-aventurança.

Sua letra antiga e bela! Escorregada, a minha pressa bem que atrapalha as palavras. Depois de tanto tempo, você decidiu voltar para mim. Ó África potente e amiga que, por fim, me mostra a você! Foi de lá que você me descobriu, afinal, e é de lá que você vem para mim, assim terno, assim amoroso! Mulher como eu, mas sem ciúmes.

Tantos anos! Tanto desperdício correndo pelo tempo! Sua carta diz tudo, ela me põe a par de tudo. Meu nome vem em cima: Maura; e você assina em baixo: Luís. Entre um e outro, a vida toda — comprimida.

Continuo exultante, ainda dentro do sorriso anterior, renovado agora pela leitura e pela saliva que já começa a faltar aos meus lábios. Não. Não permito que nenhuma ruga me rasgue a testa e nem que uma lembrança me escureça os olhos. Tenho a carta nas mãos e detenho nela o meu alento, nada mais. Estou oca por dentro; estou só com esta história a insuflar movimento ao corpo, a soprar este sorriso, a enchê-los de substância real.

Sou quase de verdade. Chego a sentir a minha vida transcorrendo cada vez mais serena através deste papel que aconchego ao peito. Sou, carne e osso, a personagem principal desta peça romântica que me calhou depois de uma experiência mal sucedida com Artaud. Aqui, ao contrário, talvez por causa do meu próprio temperamento, me sinto absolutamente colada a ela! Estou possuída pelo seu corpo e por sua alma, em sintonia perfeita com seus sentimentos. Me vejo por dentro e por fora. Claro. Não foram em vão as minhas assíduas leituras de Diderot. E também devo muito a Stanislavsky. Toda essa formação tinha de servir, ao menos, para alguma coisa.

Você! Por fim, você! Começo a crer: você me quer... Principio a sentir que de fato existo, que realmente sou. Você me quer, ah! Uma força estranha me toma e me invade por dentro como um fogo bom que ateia meus sentidos desmemoriados e lhes dá outro vigor. Ah, você me quer, e isto sobe ardendo desde as origens, me comburindo do fundo dos meus órgãos, alastrando de calor cada fração da minha vida, a extensão das minhas veias. Ah, este sangue aquoso que de repente sabe-se vermelho! Com que impulso me irrompe, com que fluxo me possui. Ah, dilato-me! Entrego-me! Deixo que essa força me percorra, e que ela me povoe os extremos mais remotos, mais adormecidos. Assim, com fúria, com jatos de fonte nova, assim! E, de repente, começo a me movimentar como um polvo, com mil membros, mil alcances. Ah, tenho a vida toda pontilhando em cada fibra do corpo, estou toda em luz — você me quer, você me quer!

Ouço daqui o seu riso de me preparar, devaneio suas mãos no ar como se começassem alguma dinâmica de me alcançar. Estou rica de sensações e de ternura; de palavras que convertem!

Chego a sorrir de novo de pura satisfação, um riso até mais amplo e mais real que o primeiro. Não era o esperado para este instante: tenho de me conter... Ora, ora! É preciso que eu não fique tão à-vontade como ia me acontecendo agora.

Levanto-me da poltrona com a carta na mão, tocante emblema da minha euforia. Deponho-a na escrivaninha, com vagar, como se muito me custasse separar-me dela.

Pronto, lá está ela, pedaço branco, tréguas para o marrom escuro da madeira. Olho-a daqui já com saudades da minha fortuna. Vou até a vitrola. Giro o botão para que ela se prepare, enquanto me insinuo na estante, ansiosa por um long play. Há tantos, que eu posso até me atrapalhar... E estou nervosa, estou mesmo. Além disso, a proximidade da música já me deixa aflita e confundida, já me prepara o corpo em sensações.

Procuro Wagner. Busco Wagner, segundo consta, para que ele me ajude a dizer tudo na linguagem mais perfeita. Ah, aqui está. Estremeço ao tocar nele, a capa bege, o semblante conhecido emergindo por entre as manchas negras. Será que você, Richard, tinha noção desta vida mesquinha, desta vida de de-comer, vestir, dormir, defecar? Acho que sim; você mesmo passou maus bocados em Paris e no exílio na Suíça. Diga-me, você apreciava as coisas reles da vida, comia beringela, chucrutes? Pobre Wagner que até hoje paga o preço de ter sido apreciado pelo Hitler! Ninguém foi, com tanta veemência, atacado e defendido quanto você. Até tu, Nietzsche! Em compensação, Lizst contribuiu em muito para o seu futuro, Richard, até mesmo com Cósima... Também a sua amizade com o Luís da Baviera te rendeu um teatro só seu, hem? Coisa que Brahms não teve. Mas o que disseram as más línguas! O que dizem até hoje!

Vou profanando como posso Wagner à medida em que penso isso e ao enfiar os dedos pelo seu corpo adentro, de onde retiro o disco. Cá está ele, negro, o centro em vermelho, repleto de anéis para todos os dedos.

Agora Wagner, longe das minhas unhas, regressa à paz inicial, a paz de homem retratado e ouvido, pousado em definitivo do último vôo para esta capa estilizada de LP. Deixo à agulha a tarefa de desvendá-lo. Ordenadamente ela irá revelando um a um dos fragmentos da sua história — ora nas cordas, ora nas palhetas, ora nos bocais, nos arcos, nos arcos, nos arcos, nos bronzes... Prenso o disco no pino que o fará rodar para a música. Deponho devagar o contundente braço: tenho receio de ferir as mãos do maestro.

Pronto para a linguagem, Wagner começa a se desprender dos sulcos e, sem pressa, vai invadindo tudo, a começar pelos meus recônditos mais secretos. Por ora não tenho mais nada a dizer. Devo ceder meu lugar à música, para que ela alcance aquele ponto, e só.

Wagner vai fluindo em sons. É aqui que o tempo tem início. É aqui que a vida se reconstrói, glacial e perfeita. O homem ainda não foi inventado. Nem Deus. E os elementos se amam vazados em pureza. Este é verdadeiramente o som das origens! No seu amor milenário, a terra se entrega ao céu, sem a interferência dos planetas. E o vento acaricia-lhe os pêlos, florestas imensas cheias de perplexidade. Os gelos voltam para aplacar-lhe os instintos, e vêm petrificando vulcões, boca e sexos terrestres. Explosões de origem, fogo e calor, pedras que se quebram em dilatações, torrentes que arrastam rochedos, os elementares todos fundidos em contorções, em generosos e primitivos movimentos de amor.

Permaneço neles, movida pelo primevo vento boreal, aturdida e prazerosa, tentando a minha fusão com essa massa primordial, que se abre fértil. Ó Wagner que me eleva nas trompas para me soltar desprotegida na vertigem de uma escala descendente! Ó memória perdida, ó língua morta a toda interpretação!

Faço um gesto de desembaraçar-me dele, e me dirijo, de novo, ao birô. Meu Deus, como estou verdadeira! Como sinto nos ossos esta existência! Vou de uma vez por todas à escrivaninha onde depositei a carta. Tomo dela, e, já agora, acompanhada por esta música, te direi tudo, Luís. Abro a gaveta, retiro o bloco e a caneta. Wagner se eleva por cima de mim, me atravessa e irrompe até aos confins para onde me carrega. A cortina começa a fechar.

Até o terceiro ato continuarei viva.

Os aplausos atravessam o veludo. Agradecido o público pelo que espera da resposta que te darei, Luís? Ou pelo meu desempenho tão convincente; digo: pela minha verdade? Não sei, pensarei nisso quando puder pensar. Por ora, me deixo ficar assim, entre a minha consciência e o roteiro.

De fato, a cortina quebrou meu gesto. Não chego a responder a sua carta, Luís. Tudo não passa de uma simples simulação, de um simples ilusionismo tão próprio deste tipo de dramaturgia; com os aplausos, calou-se a música. E essa carta, índice da minha felicidade, faz agora parte do espólio deste teatro. Ela ficará a jazer no seu acervo permanente. Devolvo-a, por ora, de volta ao móvel: o contra-regra virá, depois, buscá-la.

Já é tempo de seguir direto para o camarim. Saio do palco. A maquiadora me espera. Me espera, ansiosa, tendo nas mãos todos os desígnios do destino. Daqui já posso vê-la me espreitando da porta. Me dou conta, agora, de que ela é uma das três Parcas — a que tece o rosto. Trabalha no meu todos os dias, e sou, talvez, a sua grande realização. Ela sabe bem o que sua arte faz de mim. Não me transforma só o rosto; por dentro, ela maquia o meu coração.

Luís, Marilda, Renato me cumprimentam, passando pela coxia enquanto me dirijo ao camarim. Dizem-me coisas gentis, elogiam-me a interpretação, e seguem pressurosos, servidos dos apetrechos e dos trajes adiantados demais para o tempo de onde venho. Estão corretos, exatamente como o autor os concebeu, e me distancio deles, eu que venho desta exaltação que, só agora, me parece tão fugaz.

Entram eles já prontos para o ato seguinte, onde levam bem mais adiante a minha história. É preciso que eu não me perca lá dentro. Tenho de ir acompanhando daqui as palavras com que vão me desenrolando, fazendo de mim uma pessoa (um boneco?) que, certamente, não é o que quero ser, não importa se mais dócil ou mais triste, se mais exigente ou mais frágil. Tenho de segui-los daqui para não me perder.

A maquiadora me espera com as mãos mergulhadas em cremes, que é para tirar do meu rosto esta paisagem de agora. Ela me sorri, mas não consegue dissimular o seu olhar de bruxa, as suas unhas de tecelã. Enquanto me troco continuo livre das suas mãos. Ela segue os meus movimentos, detendo a sua atenção sobre o meu rosto, o seu alvo. De certo já me prepara, no ar, a próxima máscara.

Dispo-me das vestes da Maura do segundo ato. Pronto, estou nua. Olho-me no espelho para me certificar de que não me encontro em carne viva, em sangue.

Não! A jovem Maura saiu sem me danificar muito. Olho-me outra vez. Por um instante penso ser eu mesma este corpo antigo que quase conheço bem. Pareço-me comigo mesma. Pareço-me eu mesma — mas qual? Desdêmona, Ofélia, Julieta, Lúcia, Lady Macbeth, Maura? Não há tempo para refletir. As mãos de uma das Parcas já desenham na atmosfera rarefeita o meu rosto futuro, as suas unhas estalam em volta da minha cabeça. Devo me vestir rapidamente. Maura dez anos mais velha me aguarda dentro dessas roupas. Já começo a senti-la. Pronto, este braço, mais o zíper, mais este fecho.

Ah, Luís! Ainda sinto a sua falta. Como envelheci nessa distância! No palco dez anos, no meu rosto, dez minutos. Ah, Parca, já teceste o meu coração!? Já me envolveste apenas enquanto eu te olhava. As tuas mãos, agora, só podem acrescentar. Estou velha, triste, amarga. Tenho um rombo no peito de anos e anos de solidão.

Daqui a pouco estarei com Luís. Não sei como olhá-lo sem que o acuse disso tudo. Ele vem com Marilda, escuto daqui. Mas vem para que? O que é que você pode me dizer agora para que eu esqueça as nossas aspirações, a nossa vida ampliada em cumplicidades, em projetos conjuntos, o nosso amor de agora, pouco a pouco se delindo? Um cumprimento? Um olhar? Ah, como mordi as minhas unhas nas noites aflitas! Que te direi, Luís?

São os meus pensamentos que tingem de branco os meus cabelos e não as tuas mãos, ó Parca! O texto pede que eu minta, que eu diga que te esqueci, Luís. Como me custa obedecer, como me custa dizer isto, eu que tenho as mãos necessitadas do seu rosto, a face sôfrega dos seus carinhos, o corpo tresnoitado, a vida em vigília pela sua presença... Que esperam de mim?

Terei de mentir! Aliás, que mais tenho feito na vida, senão fingir, representar? Mas hoje existo, tenho um órgão nascendo em mim e que pulsa e que me pede que prossiga. Existo no amor por você, Luís, existo no amor de Maura, eu mesma, por ele. Existo Maura, e assim continuarei a existir, pelo menos, até que a peça termine.

Estou pronta. Despeço-me das tuas mãos divinas, ó Criador. O contra-regra passa para me deixar de sobreaviso. Examina-me de alto a baixo, e vai grifando a lápis o papel, na medida em que correspondo à personagem. Se eu conseguisse ironizar por cima de toda esta tristeza, gargalharia dele. Não vê? Sou eu mesma, Maura, velha, triste, amarga, acabrunhada. Para que conferir? A vida me reconhece.

Ele parece aquiescer, leva mais na brincadeira do que por dentro das palavras que lhe digo. Quer saber agora se me recordo das deixas. Na verdade, ele não parece um contra-regra: parece mais um porteiro. Nem bem porteiro: parece é um barqueiro... É ele quem faz a minha travessia dos bastidores para o palco, da coxia para o palco, da vida para a morte... Sim, Caronte, olhe: nada sei de cor; eu vou vivendo, vou vivendo...

Ele não me entende, decididamente não pode me compreender. Diz que devo cooperar, que o seu ofício é esse, e que eu o desacato. Pois bem, pois bem! Vou mentindo o que sinto, e é justo o que ele tem escrito em suas anotações. Pronto, já está ele mais aliviado. Agora me avisa que dentro de três minutos entro em cena. Ele tem um cronômetro e a minha existência já está demarcada pelos seus ponteiros.

A Clepsydra é uma das Parcas? É, certamente, a segunda das irmãs, a tecedeira do tempo. Nunca disseram na mitologia, que elas eram aranhas? Fico aqui na coxia à espera de que o seu ferrão, que a sua agulha me alcance. Não, ela usa um fuso, e dos mais pontiagudos.

Em que hei de pensar? Penso em Luís, não porque quero, mas porque é urgente. Não quero deixá-lo, Luís, não quero! Acredite: treinaram-me para dizer o contrário e não tenho recursos, continuarei mentindo. Só daqui de trás do palco lhe sou verdadeira, acredite! Não se importe com o que eu te disser; saiba que estou presa, estou presa como uma figura no tear, embutida no nobre tecido de lã e linho. Sou refém do texto, de meia dúzia de palavras inúteis que me obrigam a dizer.

Como desprender-me das teias dessas aranhas enormes que fazem do palco a porção de fios onde sou apenas marionete?

Penso, penso em Luís, na nossa vida perdida e dissipada pelo orgulho que me obrigam a ter. Quando aconteceu — no primeiro ou no segundo ato!? No intervalo do segundo para o terceiro!? Já nem sei. Ah, existem sim os dramaturgos, os diretores, os roteiros que pré-determinam a vida, enfim, toda a gama de elementos imponderáveis do destino e do fado — mas só a nós não nos é dado existir.

Conheço de sobra as razões deles. Me dizem que a economia interna da peça exige de mim o procedimento prescrito. Explicam-me, até teoricamente (para ver se com essa lógica me convencem!), que os diversos incidentes dos três atos estão ligados de maneira tão íntima (tão promíscua, digo eu!), que qualquer alteração de um deles desarticula e perturba esse mundo aristotélico feito de probabilidades, onde a verdade geral pode ser reconhecida e apreciada. Até me ameaçaram dizendo mesmo que se eu não seguir ao pé-da-letra as minhas deixas, vou conspurcar, vou destruir, vou impedir aos espectadores que usufruam — imaginem! — "a função cognitiva da arte"...

Pobre da arte, à qual imputam tudo! Ela traz algum tipo de conhecimento? Para quem? Me digam — para quem? Por que não para mim mesma!?

Me dizem, também, que devo me submeter ao script porque, só assim, o público ficará feliz. Dizem-me que quando eu tiver dito o que o texto me determina, até mesmo o autor obterá o seu gozo dramático e ficará redimido... Dizem que sou um elemento útil à finalidade pragmática do teatro, que alivio as tensões reprimidas dos espectadores, que ordeno as emoções desmesuradas — e que até purgo a consciência infecta do meu dramaturgo... Mas, espera aí! E as minhas emoções, a minha consciência, os meus afetos!?

Acontece que esse tal "valor terapêutico da arte" só atuará sobre vocês se eu me transformar no *pharmakós* em que me querem, nesse bode expiatório!!! Ou seja: o meu apagamento, o meu desaparecimento é que permite a existência plena de vocês! Alguém me responda com sinceridade: isso lá é troca que se faça?

Além disso, contam com a minha dissimulação para que a peça obtenha a tal da "justiça poética"... Ah, ah, ah! Bela troca! Para que tudo entre nos eixos de onde havia saído, é preciso que eu, apenas eu, seja a única injustiçada! E isso para que vocês — seus belos espectadores! — consigam se purgar das paixões nocivas, dos ânimos desordenados, dos pensamentos tortos e desmedidos, das inclinações violentas... Só assim vocês, seus abusados, voltarão para casa calmos de espírito, lavados das suas exaltações nefastas, dos seus desgostos e desafetos — limpos de toda a sujeira do dia-a-dia.

Se, para vocês, esta peça é um seguro escoadouro para todas as perturbadoras paixões, para mim — oh lástima! — só para mim, ela representa a morte, o desenlace da minha paixão e do meu amor.

Devo, portanto, ser a vítima imolada, aquela que pode propiciar a vocês a experiência expurgatória da piedade e do terror... Mas cadê a piedade por mim? Cadê? Cadê a misericórdia? Só me sobra o terror!

Querem, pois, de mim, o uso de uma mentira que me dilacera, que pulveriza a minha existência precária, que destrói o meu recém-descoberto mundo! Morrerei irremediavelmente ao final do terceiro ato, e não serão celebrados sequer funerais em minha intenção...

Até o meu féretro terá o signo da artificialidade, ah, sim... Ficarei encerrada entre palavras estranhas, compostas e ordenadas. Serei sepultada entre corretíssimos caracteres gráficos que nem por sonhos revelarão o que pretendi dizer. E esse cemitério tipográfico que tece, por baixo, a minha morte, será reunido e ilustrado num volume que terá, por exemplo, o título "Teatro Escolhido", "Peças do século XIX"... Alguém, um dia, se debruçará sobre essa obra meritória e lhe dedicará um estudo intitulado, sem menoscabo, "A criação da vida segundo a dramaturgia romântica".

Que sabem eles da vida? É só a mim que a morte doerá, e isso não importa. Dizem: Maura não sentirá, ela não existe, ela é uma mera personagem, ela não passa de motivo para a fruição do público, do prazer do autor — de renda da bilheteria! Ai, dizem tanta coisa de mim, mas e eu mesma?

Céus, mas eu existo, eu vivo, eu sinto, eu sofro. Eu, eu tenho este corpo que enfim se reconhece, tenho estas carnes e estes ossos e estas veias e estas sensações e este mundo palpitante que, enfim, precisa ser mantido a qualquer custo. Ah, céus, eu sou, eu sou... Maura, nascida definitivamente, não de pai e nem de mãe, mas nascida e concebida sem pecado original — e, sobretuto, sem autor!

Confiro em mim mesma: estou viva — existo! Partogênese? Ah, estou viva e desafio as leis infinitesimais da obstetrícia, da genética, da ginecologia, da antropologia, das sabedorias infinitamente populares, de quem se puser diante de mim!

Sou a vitória da mulher sobre as razões da Lógica e do Universo! Ai, como dói. Deus, eu mesma me pari!

É agora que entro, é agora que rompo com todos os cordões, sobretudo os umbilicais. Pronto, cá estou, sem hesitações, sem receio nenhum, um corpo novo, duas mãos livres. Cá estou, liberta das teorias dos meus mestres, dos deuses das tragédias e comédias, livre das Parcas, isenta de todos os contratos. Cá estou com as primeiras palavras nascendo inéditas da minha boca, acontecendo verdades com as duas mãos.

Digo coisas altas a Luís; nada me aterroriza mais. Falo-lhe sem medo. Digo-lhe das minhas torturas, da humilhação e mentiras a mim reservadas, das frases todas que me obrigam a dizer, falo-lhe sem medo. Falo-lhe do limiar do meu mundo novo, falo-lhe com a boca cheia de palavras reais.

Mas, mas o que há? Que horror é esse que se estampa no seu rosto? Que medo é esse que estremece as suas mãos? O que você quer me dizer? Por que não diz alto como eu faço? Por que sussurra, por que se esconde? Ah, a verdade é tão difícil assim? Deus, que ruído de espinhos é esse que se levanta do lado de lá? Quem é que se ri de mim?

Ah, ainda bem, as cortinas se fecham... Enfim! Já não me sentia à-vontade confessando coisas tão íntimas diante de todo esse público. Ah, agora já posso te falar sem que ninguém nos vigie.

Mas o que faz de repente esse pessoal dos bastidores aqui? Me olham como se eu lhes estivessem picando com vespas. Que mal lhes fiz eu? Que crime é esse de que me acusam? Eu sou de carne e osso, sou real, sou verdadeira!

Agora são os deuses que me rodeiam e me vigiam como abutres. Vejo-lhes os bicos afiados, as garras em contorções de ansiedade. Nascem-lhes pontas por baixo das vestes. Luís, onde está Luís? Céus, o que será de mim? Ai, ai, há chispas nos seus olhos. Mas não se aproximam. Talvez tenham receio de que eu lhes transforme. O que foi que lhes fiz?

Sento-me numa cadeira. Onde está Luís, para onde o levaram, o que foi que lhe fizeram? Ah, fecho os olhos. Fecho os olhos porque estou cansada, porque estou muito exausta e não vejo Luís. Respiro fundo, mas o ar está infecto. Perfumes, suor, hálitos. Abro os olhos, mas a vida está contaminada: máscaras, perucas, fantasias — artifícios dos deuses.

O maior dos deuses, o que traz um livro nas mãos, penetra pela porta. Os outros estão lhe dando passagem. Pelos vistos, respeitam-no. Mas ele vem cheio de ódio; alguma coisa como raiva e humilhação lhe dilata os olhos, e vem implacável, com todos os argumentos dos céus espalhados na voz. Toma-me o braço com a mão livre, e com uma força proserpinal me sacode fora da cadeira. Chega a ser quase humano nessa sua impaciência, pobre deus de ferro!

Olha-me com fogo e berra palavras que não entendo. Realmente, os deuses nunca foram acessíveis. Grita, e quase me esbofeteia. Não estou aflita: sou indestrutível, sou invulnerável! Faça o que bem entender comigo, os deuses só vergam juncos!

Com algum vestígio de cansaço, qualidade temível aos divinais, ele, desta feita, parece estar localizando a língua em que lhe falo, e começa a utilizá-la.

— O que aconteceu com você, diga-me sem representar — o que aconteceu com você? — eu o ouço perguntar.

Não sei o que lhe responda, não sei. Digo-lhe só que existo, que existo, e há tanta força nessa palavra que não pode haver outras.

Não, ele não me entende. Joga o livro no chão, e me toma agora com as duas mãos. Sacode-me, e é como se o Olimpo todo o ajudasse. O que foi que aconteceu com você, Alda Albanesi, o que foi que aconteceu com você, Alda Albanesi?

Começo a entendê-lo melhor, entendo-o com perfeição, agora. Resta-me só uma deixa antes que possamos nos comunicar definitivamente.

Volto-me intensa, trazendo a terra inteira comigo e, procurando com os olhos dentre os deuses um homem de nome Luís — pergunto-lhe do fundo da minha vida recém-inaugurada:

— Diga-me, deus dos deuses, quem é Alda Albanesi? Quem é Alda Albanesi?

Este livro foi composto em AGaramond pela *Iluminuras*, com filmes de capa produzidos pela *Fast Film Pré-Impressão* e terminou de ser impresso no dia 18 de outubro de 2005 na *Associação Palas Athena*, em São Paulo, SP.